秘密の出産が見つかったら、予想外に
野獣な極上御曹司の溺愛で蕩けてしまいそうです

m a r m a l a d e b u n k o

マーマレード文庫

目次

秘密の出産が見つかったら、予想外に野獣な極上御曹司の溺愛で蕩けてしまいそうです

秘密の出産が見つかったら、予想外に
野獣な極上御曹司の溺愛で蕩けてしまいそうです

一、雨の日の甘い夢

「媚薬《びやく》にたりうる香水は作れるのだろうか」

「嗅いだ人の理性を失わせてしまうような、まるで媚薬のように甘く魅了する香水は作れるのだろうか」

冗談交じりでそう言った人は、世界有数ブランドで専属パフューマーをしていた『ISHII NARIHIRA』だ。日本《にほん》の季節を表した香水『春夏秋冬《ひととせ》』がフランスで認められ、英国爵位制度の称号のようにパフューマーで最高と称される『NE』の称号を与えられたが、純粋に香水を作りたかった彼は、ブランド側が作品ではなく称号に飛びつくのが嫌になり、もっと自由に、そして色んな香りを創りたいと隠居した。

それが極度の香りフェチの私が尊敬する叔父だ。

その ISHII が最後に作ったとされる『Serre-moi.《抱きしめて》』を、私はあの日、嗅いでしまった。

クレオパトラが愛したとされる薔薇《ばら》の香り。世界のどんな美女をも虜《とりこ》にする、媚薬にたりうる甘い香水。トップノートにベルガモット、グレープフルーツ、レモン、ライムと柑橘《かんきつ》系でクールに魅了し、ミドルノートにローズ、イランイラン、ゼラニウムなどの華やかな香り、そして本人の香りと交じり合うラストノートの、ベチバー、樹木とオークモスの香りは、煙草の香りがアクセントになり洗練された印象になる。その一本の香水には数種類の薔薇が使われている。一流の香料が濃縮された香水は、首筋にほんの少しつけるだけで甘くどこまでも香る。

そんなISHIIの最後の作品。世界に五十本しか存在していない香りのはずだ。

その香りをはっきりと私は嗅いで、そしてその人の体温と交わったラストノートに心を奪われてしまったのだった。

＊＊＊

私が、その匂いを嗅いだのは二年前ほど前。就職先が決まったばかりの二十二歳。この日は絶望も知った日だった。

雨が降り止まず一日中地面を濡らした次の日。

就職先である会社での説明会の帰り道だった。

自由奔放で好きな仕事にプライドを持っている叔父を、私は幼い頃から尊敬していた。真面目が服を着ているような母は、いい歳しても落ち着かないのに地位だけはある叔父が好きじゃないようで、仲は良くなさそうに見えた。だから母の前では言わなかったが、私は叔父に影響されて調香師に憧れ、こっそりとその道を目指していた。なので叔父の影響だとは言わずに、なんとか調香関係の大学に進み、その大学の研修室のスポンサーをしている化粧品会社に就職も決まった。

母に調香師として就職したことを伝えようと家に向かっていた時だ。

雨も酷くなったので傘を買おうかなんて悩んでいた私に、一本の電話がかかってきた。出てみると、知らない電話番号の相手は就職が決まった化粧品会社の社長だった。緊張もあったが浮かれていた私は、その電話の内容に頭が真っ白になったのを覚えている。

何も言葉が出てこなくて、口の中がカラカラに乾いていた。

『君の叔父さんにどうぞよろしく』

その言葉で切られた電話は、大学卒業間近の私にはショックが大きかった。

本当ならば私は面接さえ受けられなかったが、社長が叔父のファンなので採用した。叔父は現在知人の依頼しか仕事を受けておらず連絡先もわからない。ぜひ君が叔父へこちらの会社と懇意にしてくれるよう橋渡ししてくれるのであれば、こちらも君を歓迎する。

そんな言葉を並べて、私の不安を煽り自信を奪った。

叔父と連絡を取り次がなければ、きっと私はこの会社のお荷物になるだろう。

『ISHII と連絡を取りたい』

急激に冷めていく体温の中、何度もその言葉を聞いた。

ああ、私の能力ではない。隠居した ISHII とお近づきになりたいんだなって。それくらい世間知らずの私でも理解ができた。つまり私の叔父が ISHII であることを知っていて私を採用したんだ。

憧れていた世界に飛び込もうとしていた私には、その出来事は大き過ぎて心が折れるのは簡単だった。


家に向かっていた足は重く、ついには足が止まった。

それと同様に雨がさらに激しくなり、アスファルトの色は深くなっていく。

「アスファルトの濡れた匂いも嫌いじゃないんだけどね」

この匂いを嗅ぐと、今日のこの辛い思いを思い出してしまうんだろうな。

それほど匂いや香りって、人の記憶に残るのだから。

何気なく唇を動かしてしまった途端、気づけば雨に負けないほど涙が溢れていた。

曲がり角で大きなトラックが現れ、トラックは曲がるよという合図のためにクラクションを二回鳴らした。私は道の端に避けたが、上手く避けられず壁に大きくぶつかってずるずるとその場で膝から崩れ落ちた。

母には今回の件を知られたくなかった。叔父へのあたりが強くなってしまうかもしれない。叔父は悪くない。でも現状は心の余裕がなくて両親に何も説明なんてできない。家に帰りたくなくなって叔父の家を目指そうと思ったのに。

涙の痕の理由を叔父に上手く言えない。本当のことを言えば叔父が激怒するのは火を見るより明らか。それと同時に自分のせいだと叔父は自分を責めてしまうだろう。

坂の上にある木に囲まれたお屋敷を目指すには、視界も滲み足も震えて難しい。

もう一歩も歩けないほど、ちっぽけな自分に絶望してしまっていた。

地面を見て絶望していた私の鼻孔をくすぐるのは、甘い薔薇の香りだ。

もたれかかった壁の先に公園が見えた。薔薇の咲き誇る花畑が美しい公園だ。

叔父の家に帰る前にたまに覗いては、花の香りに包まれて幸せだった公園。

ふらふらと中へ入ると、中央の噴水には女神像が持つ水瓶《みずがめ》から水が流れ、奥には温室、そして薔薇の木が植えられた道の奥には六角形の拭き抜けの東屋が見える。東屋にはアンティーク調の木でできたテーブルと椅子が並べられている。よく手入れされた美しい公園に見とれていたけれど、雨の重さか勢いなのか、薔薇の花びらが散って絨毯のようになっている地面を見て、悲しくなった。

綺麗に咲き誇っていた薔薇が、無残に地面に落ちている姿が、惨めに泣いている自分に重なったんだと思う。

朝露に濡れた薔薇は美しく誇り香るけれど、濡れて浸った花弁は私のように藻掻《もが》くこともできない。

「そこで何をやってるんだ」

奥の温室が開き、男の人の声がした。慌てて逃げようとするが、駆け寄ってくる男性が自分の上着を脱いだ瞬間、足が止まった。

近づくたびに甘く広がり、鼻孔をくすぐる香り。

この公園に入ってからずっと漂っている薔薇の香りよりも濃く、そして彼の体温に混ざり深い香りになっている。

『媚薬にたりうる香水は作れるのだろうか』

冗談交じりでそう言った叔父さんが、世界に五十本だけ作らせたとされるメンズ向けの薔薇の香水。直に嗅いだ時、むせ返すような濃縮された匂いに驚いたのを覚えている。

男性はその香りを身にまとっている。濃縮された薔薇の香りなのに不快にならない。きちんと自分の体温でラストノートを自分の香りにしてしまっている。

「ここは俺の家なのだが、何をしている？」

彼の香りが鼻孔を侵食した瞬間、絶望の淵にいた私に光が差し込んだような、手を差し伸べられたような希望が広がった。

人生でこれほどに胸が震えるような、素敵な香りに出会ったことはない。

こんな状況でなければ感動で気絶してしまいそう。

だって彼は世界で五十本しか生産されなかった極上の香りを、自分の香りに変えてしまっていたから。

「『Serres-moi.《抱きしめて》』だ」

「なんだ？」

「その香水、私の叔父さんが作った香水です。フランスのブランドの専属調合師をしていた時の……うわあ、素敵」

人の体温にこの香りが乗ると、こんな風に甘くなるんだ。甘いと言ってもバニラみたいな女性向けではなく、華やかで艶のある、胸が締め付けられるような香り。ぼーっと香りの虜になっていると、私の肩に彼の上着がかけられた。

「おしゃべりはあとでね。ずぶ濡れだよ」

「……ごめんなさいっ。あなたの服が汚れてしまう」

濡れた上着を返そうにも、雨を吸って重たくなっていく。

「ここに突っ立っていれば、確かに無駄かもな」

ため息のような苦笑が聞こえ、恐る恐る激しい雨越しに彼を見上げた。

鋭い野性的な瞳に、高い鼻梁《びりょう》の長身の男性。ブラウン色の瞳を細め、しかめっ面でこちらを見てくる。整っている顔は、今までに見たことないくらいのイケメンだったけれど、少し冷たい印象を感じたのは、表情が読み取れないから、だろうか。

切れ長の目、吊り上がった眉、形の良い唇。

そしてスポーツでもしていたのだろうか、しっかりした筋肉質な身体。服の上からでもわかるほど、引き締まっている身体のラインは、どこか色っぽい。

冷たさを確かに一瞬感じたけれど、私を見た瞬間、目が柔らかくなった。そして無表情だった彼が破顔した。くしゃくしゃに目を細めて笑ったのだ。

思わず一歩後ずさりすると小さくポキッと何かが折れる音がした。

薔薇の花びらだけではなく雨の重さで茎ごと折れた薔薇が私の足元に落ちていた。よく手入れされた真っ赤な薔薇の中、一つ落ちていた薔薇の花に私の靴の足跡がついている。綺麗な庭園を荒らす泥だらけの足跡に全身の血が引くのを感じた。カラカラの喉の中を、心臓の音が大きく響くような感覚。なんてことだろう。

「あの……すみません！」

薔薇を見せると、その男性は首を傾げる。

「落ちていた花だろ」

「でもこんなに手入れされて綺麗な花なのに。本当にごめんなさい」

とても美しく、それでいて丹精込められた薔薇なのだと香りからでもわかる。育てるのが大変な花だということも。

「一輪いちりん、大切に育てた薔薇を踏むなんて、本当に申し訳ありません！」

「ふっ」

心から詫びたつもりだったので、彼が笑ったのに驚いて顔を上げる。

「いや、すまない。花を褒めるだけの人ならたくさん見てきたし、たまに勝手に侵入して写真を撮ってＳＮＳに投稿するやつとかいたから。そうなんだよ。薔薇って結構手入れが大変なんだよな」

ひとしきり笑ったあと、その人の長くてすらりとした指が伸びてきて、私の髪を掬い上げた。

「ボロボロだな」

「え、あ、すみません」

「いや、大丈夫だ。だが、ここは俺の家の庭なんで、突然入ってきたので驚いた」

「庭なんですか。すみません。ずっと公園かと思っていました」

最初の印象とは違い、柔らかく笑う男性に申し訳なくて何度も謝った。

「いや、いい。最近トラックを庭に入れるためによく門を開けていたんだ」

彼の言葉と同時に開かれていた門が錆ついた音と共にゆっくりと閉められていく。門が閉じると、公園だと思っていた場所は庭だと認識できる。

「本当にすみません。出て行くので」

必死で謝って閉ざされた門の元へ向かうが、彼が私の腕を掴んだ。

「そんな姿でどこに行くんだ。タオルと傘だけでも受け取ってくれないか」

顔が良くておまけに第一印象も完璧、そして極上の香りを持つ男性。

思わず変な動悸がしてきた。

私は隠さなきゃいけないぐらいの重度の匂いフェチだ。香水の香料も分析してしまう。体臭と香水が合っていない人はどうしても遠ざけてしまう。

年齢を重ねるごとに、匂いに対してこだわりが強くなるし敏感になってきた。

ついつい香りにこだわり、恋愛から遠ざかってしまっていた。

上等で高貴な香りを身につけても、嫌味にならない自然体な人。

そんな人に会えたのが初めてで興奮しているのかもしれない。

途端に泥で水玉模様になったスーツが恥ずかしくなった。

狼狽《うろた》えているとまたその人の長くてすらりとした指が伸びてきて、私の濡れた髪を掬い上げた。

「髪にまで泥がついている。散々だったな。車を回してくるから送るよ」

「えっと、い、いえ」

自然に触られてしまった。指先で擦るように泥を落としてくれるけど、この人、冷たい顔に表情が乗ると本当に素敵で、顔が見られない。

思わず下を向いたあと、男性が私の髪に顔を近づけた。

「甘い香りだ。君も香水をつけてるの？」

「あ、はい。あの、自分で調香したんです。つけてきたばかりで、トップノートは思い切ってベルガモットとかメロンとか甘いフルーツにして、叔父さんにセクシーさが足りないって言われたのでベースにメロディとかムスクが香るようにして……」

ミドルノートと言いかけた時、相手がよくわかってなさそうな顔をしたので口を閉じた。

「どうした？　続けて」

「いえ、つい夢中になってペラペラすみません。つい匂いのことになると饒舌になってしまって。自分の好きな香りと自分の体臭に合う香りって違う場合もあるんですが、あなたは自分の香りにしていて本当に素敵です」

自己主張の強い香りであると思ったが、つけている部位がいいのかな。

空間にスプレーして潜るぐらいでも存在感があるが、この香水は体温と交わると強く香って魅了されてしまう。首筋や、女性ならば太腿の裏でもいいぐらいだ。

嫌なことがあったのに、彼の香水のことや自分で調香した香水について延々と話してしまった。

彼が真面目に頷《うなず》きながら聞いているのを見て、ハッと現実へ戻される。

「すみません。専門用語が混ざっているとわかりにくいですよね」

「ああ。楽しそうに喋るのが可愛いなって、もっと見てたかったんだが」

——可愛い？

聞きなれない言葉に頬が熱くなるのがわかる。

「それに、セクシーさが足りない、か。酷いね。確かに元気で甘い香りだが、首筋のここ、いい香りがするよ」

「えっと、多分一番熱を放つ場所だから」

「つけたのは首筋だけ？」

「首と、膝の裏です」

「へえ」

足に視線が下りる。その視線がなんだか色っぽくて、丸裸にされてしまうように感じた。

だけれど、彼の視線は再び私の顔に向けられた。

「雨に隠れて、泣いていたのか」

私の目元に指先が伸びたので、ぎゅっと目を閉じた。

それを拒絶ととらえたのか、彼の指が止まる。

「あの、本当に大丈夫なので」

「おいで」

逃げようとする私と彼の言葉は同時だった。

「わっ」

掴まれていた腕に力が入ったのを感じ、変な声を出してしまった。

意識してるのが手に取るようにわかってしまっただろう。

恥ずかしくて、どんどん熱くなる頬に手の甲を押し付けて隠す。

彼は玄関まで私を招き入れると、奥へ入っていってしまった。

長い廊下はがらんとして寂しく、布をかぶせた絵画が壁際に置かれている。歴史を感じる高級そうなお屋敷に少しだけ緊張してしまう。

すぐにタオルを持って来てくれて、彼が私の髪をタオルで優しく拭いてくれる。

激しい雨の音を聞きながら、初対面の人でもこんなに優しい人はいるんだ、とぼんやり考えていた。

公園と間違えてふらふらと人の家に入ってきた私に優しいなんて。

「止むまでいてもいいし、送ってほしい場所にも送るよ」

ああ。優しい。

でも今はそんなに優しくされたくなかった。不甲斐なくちっぽけな自分の存在は優しくされればされるほど情けなく惨めに感じてしまう。

泥だらけの私をそのままで帰すのが申し訳ないと思ってくれたのか、でも今この優しい人に甘えるのが違うのは、小娘の私でもわかる。

タオルで隠れていた視界から見上げると彼がこちらに気づき微笑《ほほえ》む。

私も上手に笑えているだろうか。

「ありがとうございました」

「……名前」

「はい」

「お互い名前を聞いてなかったな」

私のせいで濡れてしまった彼の髪から、滴り落ちる雫。

それに手を伸ばしたくても、今の私は声を出すのがやっとだった。

私もこんなに良くしてもらっておいて、名前を聞いていなかったことに気づいた。

「竹田美月《たけだみつき》です。先ほどは取り乱してしまってすみません。今年大学を卒業して、四月から新米調香師になる予定で、その……あなたの香水がとても有名で希少なものだとわかって驚いてしまいました」

「なるほど、それで香水に詳しいわけか。俺はエステサロン『エマ』で修業中かな」

「エマのことは知ってます。オーガニックアロマの一流エステサロンですね。以前は五つ星ホテルでしか受けられなかったけど、十年前に都内に数店舗オープンしたんですよね」

私が身を乗り出して言うと、驚いたように目を見開いた。

「よく知ってるな」

「……うちの母が、都内の店舗のオープニングスタッフだったんです」

「すごい偶然だな」

「……それで、あなたの名前は」

エマで修業中ってことは、エステティシャンなのだろうか。色々聞きたいことがあったが、まずは名前だけでもと思った。

聞いた私を、覗くように少し屈んで耳元で囁《ささや》いた。

「櫻井大雅《さくらいたいが》。君より五歳年上ってとこかな」

たいが、さん。漢字はどう書くんだろう。この大きな屋敷に一人で住んでいるのかな。一つ知ればいくつも知りたいことが出てきてしまう。

そんな余裕のない私の隣で、屈んでいた彼がまっすぐ向き直る。

ラストノート。

その甘いだけじゃない香りが、私の胸を締め付ける。

「その格好でふらふらしてるのを見て消えてしまうんじゃないかと慌てたけど、今はちょっと元気だね」

泥だらけの私の姿を見て大雅さんは苦笑する。

「真っ青だったし手なんて氷みたいに冷たいし、焦ったよ」

「ごめんなさい。ちょっと自暴自棄になって正確な判断ができなかったというか」

今も答えは出ていない。

ずっとどうしようもない喪失感が胸を握りつぶしている。

でも赤の他人に、ここまで心配させておいて構ってほしいようなアピールは恥ずかしくなった。

「家に帰りたくなさそうだね」

「あ、……えっと」

「まあそんな姿じゃ帰り辛いよね。俺が身内なら何があったのかって卒倒するかも」

泥だらけの私の様子を眺め、少し困ったような様子で首を傾げる。

私の心配をしてくれているのだろうけど、無理に聞き出そうとはしない様子にますます彼の優しさを感じて胸が熱くなった。

「良かったらうちのシャワー使う？」

「ええ？」

「そんな泥だらけの格好で、美月さんを家に帰したくないな。雨も強くなってきたし止むまでいてもいいよ」

「でも……」

「乾燥機もあるし好きに使っていい。気になるなら俺は奥でまだ作業してる。帰りたくなったら黙って帰ってもいいよ」

彼が奥と示した先には長い廊下。

祖父の年季の入ったお屋敷とは違ってアンティーク調で、ドアの飾りや壁の装飾を見ると美術館や博物館みたいな重い雰囲気を感じられる。

人が住んでいる空気ではない。

「だ、大丈夫です。それにさすがにこんな泥だらけなので」

駄目だ。甘い香り、優しい態度、伝わってくる体温。

どれも全て、私の思考回路を沸騰させる。

「……ふうん」

一歩も動かず石のように立ち尽くす私をよそに、外では容赦なく地面を叩きつける雨の音が鳴り響いている。

近づいてくる大雅さんからはクレオパトラをも魅了するという媚薬の香りがする。

「言い方が悪かった。俺が、美月さんを帰したくない」

「え、ええっ⁉」

「一輪の薔薇を大切にする美月さんを見ていたら、もう少し一緒にいたいなって」

「でも、迷惑じゃ」

そんな風に言いながらも、私の本能はとっくにわかっていた。

私だって彼とまだ離れたくないのだと。

そんな私の背中を押すようにさらに雨が強く降ってきて、言い訳になってくれた。

「そういう、表情にわかりやすく出るとこも、可愛いな」

お世辞だとわかっているのに、胸は高鳴るばかりだ。

「俺は明日までの仕事を奥で片付けてる。バスルームのものは全部使っていい」

強引ではないけれど、少なくともこのびしょ濡れの私を心配してくれているだろうから、このままでは帰してくれなさそう。

最寄りの駅まで送ってもらおうか考えたけれど、この格好で帰宅するのは確かに私も恥ずかしい。

それに……今は家族にも叔父にもどんな顔で会えばいいかわからなかった。

「お言葉に甘えさせてもらっていいですか。ちょっとだけ今は、時間が欲しいです」

一人で考える時間。

叔父に正直に言うか、今日のことをどう説明するか。

それとも上手に嘘をつけるか。

そして明日から就職先を探したり、一からやり直しのスタートも色々と考えなければいけない。

＊＊＊

彼の屋敷のリビングに通されたが、汚れた服では座れずに窓辺で雨の降る外を眺めた。

少し冷えた室内でシャワーの音を聞く。

音の方へ行くと、ちょうど大雅さんがシャワーのノズルを回して温度を確認していた。

「シャワー浴びたら、これに着替えて」

大きめのバスローブを渡され、下に置いてあったカゴを彼は指さす。

「ここに濡れた服を入れて。洗濯して乾燥機で回しておくから」

「え、あ、りがとうございます」

シャワーを浴び始めると、ドアの開く音がして緊張した。洗濯機の音がするとそのまま声もかけずに彼は出て行った。

一瞬だったけれど扉一枚向こうに彼がいたのが落ち着かず、緊張は隠せなかった。

リビングへ行くと入れ替わりで彼がシャワーを使うと言う。

「それ、飲んで温まって」

「すみません」

「待っててね。俺もさすがにシャワーしてくる」

渡されたハーブティーを両手で持ちながら、彼の言葉の意味を読み取ろうとして恥ずかしくなってやめる。

リビングにはテレビはなく、必要最低限のテーブルやソファしかない。アンティーク調の家具は高級だとわかるのだけど、どこか簡素で寂しい。遠くで乾燥機がカタカタ回っている音が聞こえてくるぐらい静かな家だ。

数時間前まで名前さえ知らなかった相手の家で、私はいったい何をしているんだ。

やっぱり、どうせ雨で濡れてしまうんだし、少し濡れていても服を返してもらってとっとと帰ろう。

そうしようと、こっそり脱衣所へ入る。

「おっと」

乾燥機を止めようとする怪しい動きの私の目の前に、湯気を身にまとった大雅さんが、シャワーを浴びて出てくる。

すぐに視線を逸したけれど、予想以上に逞しい体はばっちり見てしまった。

さすがに彼もパチパチと瞬きをしたあと、髪を掻き上げながら『タオル取ってくれるか』と乾燥機の上に置かれたタオルを指さした。私は頷きながらタオルを差し出した。

「あの、覗きに来たわけではなくてっ」

言い訳しようとした私に、大雅さんは笑いながら髪を拭く。

「もしかして濡れた服で帰ろうとしてた?」

「えっと、もう乾いたかなって」

「嘘が下手だな」

香水の匂いが消え、シャンプーの匂いを身にまとった彼がバスローブに着替える。

媚薬にたりうる香水のせいではない。私がドキドキしてるのは、香水ではなかった。初めてだ。こんなの初めてで、どうしていいのかわからない。

バスローブから見える鎖骨のライン、濡れた髪を見て、心臓が高鳴る。香水や体臭がしないのにどうして彼を見てドキドキしているのかわからない。

何も匂いを身にまとっていないのにどうして目が逸らせないのだろう。

「か、えります」

言葉ではそう言えても、一歩も動けずにいた。

数時間前まで知らなかった相手。だけど、そんな彼に惹かれる気持ちを抑えきれない。

「そんな顔して？」

腕を掴まれ、後ろに倒れ込む。

まだ少し濡れている彼の胸に頭があたると、顔を覗き込まれた。

「帰りたくないって顔をしてる」

クスクスと笑われ、首まで熱くなっていく。意地悪だ。

私の動揺を楽しんでいる。

あなたの匂いを嗅いだ時から、あなたの冷たそうな顔がくしゃくしゃに笑った時から、頭の先から熱の芯を体に植え付けられたよう。

「私、変なんです。まるで媚薬を嗅いだみたいに、ドキドキして、変……なんです」

「奇遇だな。俺もだ」

ポタッと髪から水滴が落ちる音。外から聞こえる家を叩きつけるように降る雨。

後ろから抱きしめられて、彼自身の匂いが私の胸を締め付ける。

「ひ、やっ」

首筋に顔を埋められ、思わず変な声が出て両手で口を覆った。

「美月さんも媚薬みたいに、甘い香りがする。それと、俺と同じシャンプー」

後ろから抱きしめてくる手に力がこもり、大雅さんの胸が大きく高鳴っているのがわかった。打ちつけられる雨のように、大きく速く、その音が私に伝染していく。

少し後ろを振り返って、射抜くようにまっすぐな彼の目を見上げた。

「……俺は今、弱っている君を抱きしめて、ずるいかな」

核心に迫る言葉に息を呑む。

でも今はこの優しさに抱きしめられるのは嫌じゃない。

さっきまで絶望の中をずっと歩いていたの。

答えが出ないまま、叔父の家まで歩くのは苦痛でしかない。

「言いたくないなら、言ってくれるまで待つけど、きっと今は君を一人にしては駄目じゃないかなって思ったんだよね」

ずるい人。

でも優しい人。

私の寂しさや辛さを受け止めようと抱きしめてくれた人。

「君を帰したくないのは、俺だね」

観念したように笑う彼からは、私を魅了する香りがしたんだ。

この先を、私は知らない。

けれど今は何もかも忘れて、彼の匂いや体温に包まれたかった。

嫌なこと、辛いことを全部忘れられるぐらい甘いキスが欲しかった。

明日、もう一度這い上がって頑張れるように今は、ただただつまらない不安を忘れさせてほしい。

でも急に触られて、固まってしまった。

匂いにこだわりが強かったせいで、こんな風に相手の体温まで感じられるほど密着する行為からは遠ざかっていた。

伸ばされた指先が数回、私の唇を撫でたあと、彼の唇が下りてきた。

初めてだった。こんなに衝動的に体が動くのは初めて。

啄むようなキスが続いたあと、下唇を甘噛みされて驚いて薄く口を開く。

抱きしめられて、感じる香りや温もりから私も離れたくなくて、小さく頷いてしまった。

雨の日のリビドーだ。こんなに私の胸を締め付ける香りに出会ったことがないから、浮かれていたのかもしれない。

その部屋があまりにも殺風景で、ベッド以外の家具がほぼないと気づかないくらい、私は大雅さんしか見えていなかった。

バスローブの結び目を引っ張られ、思わず逃げようと身体を引くと「怖い？」と聞かれ、正直に頷いた。

すると脱がされることはなく、代わりに手がバスローブと肌の間に侵入してきた。私の体温より温かい手が、バスローブの隙間から入ってきて、指先が臍《へそ》に触れるだけで体が飛び跳ねた。胸を包み込むように触れられたかと思うと、唇にキスが下りてくる。

緊張を和らげてくれようとするキスに、身体の力が抜けていく。雨の音とお互いの荒くなっていく息遣いだけが響く。

どれも全て初めての経験なのに、私の体がとろとろに蕩《とろ》けていくのがわかる。

それも全部、彼が熱と共に放つ香りのせいだ。シャンプーの匂いに交じっても、香水をしていなくても、彼自身の匂いなのかな。ローズマリー、ユズ、ジンジャー、グレープフルーツ、ハーブの香りが彼の体臭に交じって爽やかで清潔そうな香りになっている。

オーガニックアロマサロンと言ってたけど、サロンで使ってるシャンプーなのかな。

「……余裕そうだな、美月」

彼の香りに集中していると突然名前を飛ばれ、顔に全身の熱がさらに集まってくるのがわかる。

「って呼んでもいい？」

すぐに私の様子に気づいて確認してくれたけど、強引な言い方でも全く嫌ではなかった。

私も素直に頷く。

見上げると、余裕そうな彼の顔。目を細めて、私のことをとても愛《いと》しげに見つめている。

「……はい、大雅さんっ」

断れるはずもない、意地悪な質問。観念して私はただ小さく頷く。知らない感覚なのに、彼の指が私の体を這うと、気持ちが良くてゾクゾクと体が震えてしまう。

時折、揺れる髪からふわりと大雅さんの匂いが鼻を掠《かす》める。それほど密着しているんだと思うと恥ずかしくなった。

指先が胸のラインをなぞるだけで私の身体がゾクゾクし出す。

「美月」

優しく名前を呼ばれ、細められる目。

緊張をほぐそうとするキスと、優しい指の動きに、私の思考は蕩けてまともに作動していなかった。

直接嗅ぐ彼の香りに興奮して、私も首に抱き着く。

ここまで私を狂わせる香りの人に、この先出会うはずがない。

しがみついていた手を掴まれ、指を絡ませたままシーツに沈んでいく。

優しかった彼の目が、どんどん獰猛《どうもう》に光っていくのがわかって、それがさらに私を興奮させる。

明日は頑張るから今日だけは、今日だけは救われたかった。

大雅さんを私の中で受け止めながら絡めていた指を外すと、私の頬を気遣う様子で撫でながら情熱的なキスをくれたのだった。

＊＊＊

次に目覚めた時、窓から見える空は薄暗くまだ雨も降っていた。

抱かれていた時は夢中だったからわからなかったけれど、男性の体は重たい。そのせいで体中が痛いのだと気づいた。

乾いた服が、ベッドサイドに畳まれて置かれていた。

それを着ながら、部屋にいない大雅さんを探す。

長い廊下の向こう、ベランダで煙草《たばこ》を吸っている大雅さんの姿が見えた。

喫煙者って匂いを消すために、香水を濃くつける人もいるけど、大雅さんは違う。

それに香水と煙草の香りが混ざっても嫌じゃないような、合わせ方を知っているな、とかつい顔を綻ばせてそんなことを考えながら近づいていく。

きっと私の足音は、ベランダからでは雨の音で聞こえなかったんだと思う。

「ああ、すぐに空港に向かうよ」

大雅さんは携帯電話で誰かと話をしていた。話が終わるのを待って話しかけようと、私は壁に隠れて待っていた。

雨は激しく屋根を打ちつけていて、会話の内容は詳しくは聞こえなかったけど、彼の機嫌がいいのだけはわかった。

「トラックに家具は載せた。そっちに今週中には到着するんじゃないか」

話が長引きそうなのと、人の電話の内容を聞くのは悪いなと感じ、離れようとした時だ。

「今日くらい、羽目を外して何が悪いんだ。明日にはニューヨークに発つのに」

――え？

ニューヨークという言葉に、部屋に戻ろうとしていた足が止まる。

「お前が休め、休めとうるさかったから自由にさせてもらったんだろ。何が悪い」

誰に電話をしているのかはわからなかったが、ニューヨークという単語に、頭が真っ白になった。

「つい、な。まあ明日には忘れるだろ。俺はそのつもりだ」

明日には忘れる？

俺もそのつもり？

驚いてその場から離れようと足を踏み出した瞬間、急に名前を呼ばれた。

「美月」

煙草を灰皿に置いて、携帯を耳から話すと外を指さした。

「雨が止みそうにないから、送っていく。仕事の電話中なんだ。待っててくれ」

曖昧《あいまい》に頷くと、彼は再び電話を耳に寄せ、会話をし出す。

送っていったら、おしまい？

私だけのぼせ上がって舞い上がって、浮かれていた。

まるで、抱かれたからもう恋人のような気持ちでいた。

けど、彼は慣れていたし、確かに付き合おうとか好きとか、言葉はなかったように思う。

私が彼の熱で勝手に発情していただけ。明日にはニューヨークと言っていた。舞い上がっていたのは私だけで、きっとモテるに違いない彼にとってはつまみ食いぐらいの感覚だったのかもしれない。

見渡してみれば、家具や荷物がほぼない。昨日すれ違ったトラックは引っ越しの荷物が入っていたに違いない。

幸せに包まれ余韻で舞い上がっていた私は、羞恥心で体温が下がっていく。

とても愚かな勘違いをしたのは私だ。言葉も貰わずに体だけ先に繋がってしまったことに今更恥ずかしくなった。軽い行動だったという後悔で涙が浮かんでくる。

固まっていた私は、急いで部屋に戻って荷物を持つと、まだ電話をしている大雅さんに見つからないように玄関から飛び出した。

雨が降っているけれど、傘はない。まあ最初から濡れて帰る予定だったたし、しょうがないよね。

水たまりに足を濡らしながら、シャワーと雨で流れてしまったお気に入りの香水の香りを思い出し、そして、彼の香水の香りを思い出すと鼻がツンと痛んだ。

私ってば愚かで本当に馬鹿だよね。

自らを奮い立たせて、自分の力で立ち上がらないと誰も助けてくれないよ。

誰かの優しさに縋るほど弱っていたのが情けなくて、逆に奮い立つきっかけになった。

自分を守るには、自分自身が強くなきゃ駄目だ。

流されて、誰かのせいにする格好悪い自分にはなりたくないよ。

私を救うのは私だけ、なんだよね。

「おい、美月」

私に気づいた大雅さんがベランダから身を乗り出している。慌てている彼を見て、私は笑う。

私はもう素敵な庭の入り口に立っていて、そこで手を振っていた。

「やっぱり一人で帰ります」

「何言ってんだ。そこを動くなよ」

煙草を消した彼が走ってくる足音が聞こえた。

明日には、ニューヨークへ行ってしまう人。

荷物は全部トラックが運び出していた。

初めて、たった数時間で惹かれてしまった相手。

またね、って言われてもきっと信じられない。

傷つくのが怖くて、私は逃げた。

叔父さんの家まで走って、庭に隠れる。森のように大きな庭に隠れていたが、雨の中、彼が私を呼ぶ声が聞こえてくることはなかった。

『媚薬にたりうる甘い香水は作れるのだろうか』

そんな好奇心から作り出された香水『Serres-moi.《抱きしめて》』は、女性から男性に抱きしめてほしいと、媚薬で熱にうかされて言ってしまうような魅力的な香り。
その通りだった。これはきっと香水のせいだ。甘い媚薬のような香水のせい。
彼の匂いじゃない。
「お前、美月じゃないか。そこで何してるんだ？」
叔父さんに声をかけられ、気づかれないように涙を拭って振り返った。
全部私が悪い。
ただそれだけの、数時間の甘い夢。

二、リスタート

【プルースト効果とは、嗅覚や味覚を引き金に過去の記憶が呼び覚まされる現象のこと】


ふとコンビニを横切ったり、喫煙所の前を通り過ぎたりする時、香る。

どこにでもある煙草の香り。

そして雨の日。屋根に打ちつける雨音、アスファルトの匂い。

少しでも、あの日に嗅いだ匂いを嗅ぐと、思い出してしまう。

私は、喫煙所やコンビニの前を通るたびに、激しい雨が降る日の匂いを嗅ぐたびに、まるであの日の思い出を嗅いでいる気分になる。

嗚呼、誰か。あの日の彼との記憶を忘れる香りはないでしょうか。

神とは言わないが、悪魔に頼むのはリスキー過ぎる。


彼との過ちの夜から、一か月が過ぎた。

あのあと、正直に叔父に全てを話した。彼の家のことは黙っていたけれど就職先が叔父との仕事のために私に近づいたこと、それに動揺して一晩ふらふらしてしまって誰にも連絡せずに消えていたことも謝った。

そして内定先には私の方から辞退した。

当然叔父は怒っていたが、就職先にクレームを入れないようにお願いした。私に実力があれば舐められなかったんだ。これから実力をつけて、私を利用しようとした会社には悔しがってもらえるように誰からも認められるような実力や実績を挙げられるように頑張ると告げた。

自信がないままふらふらしていたら、きっとまた誰かの優しさを求めてしまうから。

そんな弱い自分はもう捨ててしまいたかった。

それほど大雅さんとの出来事は私の心に深く刻まれた。

叔父の紹介やコネはいくつか提案されたけれど断って、自分で大学時代の講師や先輩に聞いて就活をスタートさせた。

こんな時期に就職先は簡単に見つかるわけもなく、今まで通り叔父の仕事場の手伝いをしながら、探していた。

けれど、どうも体調の優れない日が続いており、最初はストレスなのかなって苦笑していた。

就職先を一から探すことになり、焦りや焦燥を感じていたからだろうって。何を食べても気持ち悪くて、胃がムカムカしたりと体に変化を感じた。

いつもの自分の身体とは違う違和感は、今までで一番の大きな壁に挑むことからくるストレスに苛まれているからだと思っていたんだ。

叔父も無理しなくていいと身体を心配してくれていたし、私もセーブして無理はやめようと時間を決めて就職活動していた。

二か月経った頃、違和感が大きくなり出した。

あんなに好きだった香料の一部を嗅ぐと、吐き気が強くなり嘔吐してしまうことも増えた。

香料だけではなく、叔父の家でご飯の作り置きやハーブの手入れしている時も吐き気が襲ってきて、トイレに駆け込むことが増えた。

「いい加減に病院に行け」

叔父が心配を通り越して呆れてしまって私を抱きかかえて病院に行った。就職のことで親との喧嘩《けんか》が増えて叔父の家に入り浸っていたので、叔父が一番に私の異変を気遣ってくれたのだ。

そして病院で告げられた結果に、私は頭が真っ白になったし、叔父は目を丸くして固まっていた。

「お相手とよくお話してね」

病院の先生の言葉に大きく体が跳ね上がった。

それを見て勘のいい叔父は、大きくため息を吐いた。

重い空気の中、車に乗り込み叔父の家へ向かう。

「お前の母さんも悪阻が重い方だったぞ。一時期、飯が食えんで体重減りまくって点滴したりしてたな」

「そうなんだ」

貰った母子手帳の表紙に、母親の名前と父親の名前を記載する部分があった。

私の名前は書けるけれど、父親の名前はどうしよう。

名前は知っているし、住んでいた場所も知っているけれど、連絡先を交換する前に私が逃げ出してしまった。

それどころか彼が私に連絡先を教えたり、先があったのかも今は怪しい。

あの日で相手はお別れするつもりだったかもしれない。

「叔父さん。私、自分で就職先は辞退してしまったし新しい就職先はこれから数件面接予定で、未だに叔父さんのお仕事を手伝っているだけでしょ」

「ああ。でも今までお前がやりたいだけだからとバイト代も貰わず手伝ってくれてたから、――今までの賃金は今から渡そうかなと思っていたよ」

「叔父さん……」

就職先を辞退してから両親――主に母からの風当たりが強くて叔父の仕事の手伝いのために入り浸っていたし、リクルート用のスーツやパソコンも叔父の家に置きっぱなしだ。

自分がした行動に後悔は何一つしたくないし、命を奪うなんて考えたくもない。誰かに甘えたかった弱かった自分さえも否定することもしたくない。あの日の自分の行動に責任を取りたかった。

「とても甘えたことだと思っているけど、その……どうしても中絶はしたくなくて、貯金少ししかないけどその」

「ああ。だから今までの賃金は出すよ。叔父さんも可愛い姪っ子から中絶するなんて言葉は聞きたくなかったし。それにうちの屋敷は空き部屋がたくさんあるんだよね」

叔父さんの優しい言葉に涙が込み上げてくる。

けれどそれをぐっと呑み込んだ。

「今は上手く話せないけれど、叔父さんに甘えてばかりだけど、その言葉に甘えて産ませてほしいです」

激しい雨の日だった。

絶望で雨の中に沈んでしまうかと思った。

それで彼の優しさに全力で飛び込んだのは私。

甘さばかりが浮かんで、愚かなのも私。

けれど、お腹の中の子どもは何も悪くない。

この子が私のせいで消えてしまうのだけは嫌だった。

強くなりたい。私の弱さが生んだ過ちだとしても、後悔はしたくない。

「叔父さん、ふらっふらしてるしお前の母さんには目の敵みたいに嫌われてるけど、金だけはある。それだけは頼っていいからな」

叔父さんの大きな手が、私の頭をくしゃくしゃに撫でてくれた。

「ただし決めたのならば、子どものことは絶対に後悔するな。それが守れないなら可愛い姪っ子でも絶対に許さないからな」

一瞬低くなった叔父の声は、本気だった。

私もこれ以上は自分にがっかりしたくない。

何もかも捨てても、産みたいと思ってしまったならば迷っては駄目だと思う。

一枚だけ貰ったお腹の中の写真を見て、目頭が熱くなった。

産みたいと思ってしまった。

宿ったお腹の命は何も悪くない。

私ができることはただ一つ。

宿ったお腹の子に、私が母親で良かったと思ってもらえるように、今まで以上に頑張る。

もう彼のいないもぬけの空の屋敷を見て胸を痛めることはやめる。

振り返らずに、この子のために頑張ろう。

いつか叔父にも説明できるぐらい昔話になるように。

＊＊＊

けれど、彼の匂いを忘れられずにあの日からもうすぐ二年近くが経とうとしている。

あの日を忘れたくても、香りが邪魔をしてもうすぐ二年、だ。私のお腹の中にいた薫人《ゆきと》の一歳の誕生日を二か月後に控えた今、あっという間に感じてしまう。

元から、私が匂いフェチで男性を見る目が厳しいことは自覚していたし、そのくせ自分自身は十人並みのパッとしないであろう容姿だと自覚している。だからこれから恋愛なんてとてもじゃないがする気がなければ相手も現れないと思う。

彼との思い出だけのせいではないにしろ、あの日以来、理想の香りに会えないまま、ずるずると月日を過ごしてきた。

妊娠中は悪阻で何を食べても吐いてしまう時期もあったし、激怒した母親に頬を叩かれ叔父が怒り母と大喧嘩したこともあった。

両親は当然、産むことを大反対した。それは当然だし仕方がない。応援してとは私だって気軽には言えない。

就職に失敗して就活中の私の現状を心配してるのはわかった。

でも叔父に懐いていたことから、叔父に対しても酷い言葉が投げられたので、私が自分で決断したこと、叔父は悪くないと説明しても叔父と母の仲は険悪になるだけ。

両親との関係もぎくしゃくしてしまって、私は叔父におんぶに抱っこの形で全力で甘えることになり、家を出て叔父の屋敷の空き部屋に転がり込んだ。

そこで叔父とネットで調べたり実際に見に行って、子ども用品を購入した。

私の部屋の壁紙は、お腹の赤ちゃんが男の子だとわかった時点で、叔父が車の壁紙に変えてくれた。

悪阻が収まってからは、保育園探しも始めた。

大学の先輩達が保育園の激戦区では産んでから探し出したら難しいと言っていたので、叔父の会社に就職している体で探し、子どもを保育園に入園させてから仕事先を探そうと思っていたから。

「というか、もうここで働けばいいんじゃないか」

私がお腹をさすりながら履歴書を書いている時に、叔父がそう簡単に言ってのけた。

「だって、叔父さんは身内に甘いでしょ」

「まあでも美月は人一倍香りに対して知識もあるし学ぶ意欲もある。身内云々を引いても俺は部下にしてもいいと思っているぞ」

あっけらかんと言われて面食らってしまった。

叔父は世界的に有名ではあるけどふらふらしていて弟子もいなければ大手ブランドメーカーの専属調香師も長く続けていない。

叔父の下で学ばせてもらえるのは、私が好きな香水関係では一番理想ではあるけれど、夢のような話で諦めるどころか考えたことすらなかった。

「ただ――また利用されるのだけは嫌だから、お前は強くなるんだよな」

再び見せた身内としての情を帯びた瞳に、私は覚悟を決め、書いていた履歴書をくしゃくしゃに丸めるとゴミ箱に捨てた。

「強くなりたい。頑張ります」

叔父の下で働くなんて、これほど名誉なことはない。

私に甘い叔父には自分からは頼めなかった。実力を買ってもらえて誘われたのならば、期待に応えたい。

「わかった。ただ俺は今まで会社勤めの経験もないからなあ。知り合いの企業弁護士や税理士と相談して、お前の勤務形態や給料などは決めて書類作るから」

誰にどう相談しようかなーと携帯を取り出して唸《うな》りながら、叔父が庭へ出て行った。

就活中の保育園探しよりも、休職中の保育園探しの方が少しは見つかりやすいらしい。

一人で頑張ろうと焦った部分はあるけれど、周囲には色んなアドバイスをしてくれる人や、手助けになる制度がある。

あの日、自暴自棄になって弱っていた自分が今こうして、ここで叔父と一緒に仕事ができるところまで踏ん張れたのが嘘みたいだ。

両親には最後まで産むことは喜んでもらえなかったので、叔父の家で生活していくうちに連絡は途絶えていった。

産むと決めた以上、親からの反対意見や説教は心身ともにダメージを受けそうで、逃げてしまった。

両親にはいつか安心させられるぐらい自分の生活が安定してからもう一度勇気を出して連絡してみようと思った。

なので、私が出産した日に駆けつけてくれたのは叔父だけ。

それでも全部決めたのは自分だ。

この子だけは、私のせいで苦労したり悲しませたりしたくない。

看護師さん達は安産だと言ってくれていたけれど、半日かけて痛みと戦いながら産んだ子どもは愛おしい。

偶然にも生んだ日もアスファルトの強い匂いがする雨の日だった。

予定日より早く生まれたのだけど、奇跡的にもその日はクリスマス。

雨が段々と雪に変わるのを、叔父が感動して教えてくれた。

雨の匂いの記憶を上書きしてくれるような嬉しい出来事。

二八四〇gで生まれた私の赤ちゃんは、男の子だった。

名前は、調香師でもある私や叔父の好きな香りに因《ちな》んで薫人と名付けた。

よく泣いてよく笑い、目を離せないほどハイハイが上手な愛おしい我が子に、最初のうちは睡眠も体力も奪われていたけれど、私も叔父もメロメロになっていた。


一歳前に薫人の保育園も決まり、叔父の仕事場で正式に就職してから半年。

あの一夜の過ちからは二年が経過しようとしている今、記憶も頭の片隅に追いやれるぐらいには気持ちにも整理がついてきた。

調香師やフレーバリストとしての仕事は充実しているので、不満はない。

眠たい目を擦りながら廊下の窓を開ける。ハーブの香りが漂う庭の空気を吸い込みながら、一階のリビングへと向かった。


「おはよう、薫人、叔父さん」

「おはよう。通販の分の香水、できてるぞ」

「はーい。薫人もご飯食べようね」

和洋折衷な屋敷のリビングは、叔父さんの気まぐれでモダンな雰囲気になっている。

黒系と白系を基調とした家具。黒と白のクッションを置いた黒のソファに足を組んで座っているのは、世界的に有名な調香師『ISHII NARIHIRA』である叔父だ。

母が言うには叔父は、兄妹で年が離れているせいか甘ったれに育ち、そのうえ気まぐれで楽天家でだらしがない。そこに輪をかけて無責任なやつなので独身だという。

今年で四十六歳なのに、落ち着きがないと、本当に心配しているようだった。

一方、私の知っている叔父さんは、色んな意味ですごい人だ。日本で大手化粧品会社に就職するも流行りを追うだけの作品作りに嫌気がさし一年で退職。その後食品会社でフレーバリストとして働き出すも、また退職。

ふらふらと職を転々としたのち、三十歳でいきなりフランスへ飛び立った。フランスの有名ブランドで活躍していた調香師が引退し、自分の店を持ったと聞き、後先考えずにその人に会いに行き弟子入り志願をしたらしい。偏屈で変わり者だったその人に認められ、唯一の弟子として活躍。

そのあと、その方に就職先を斡旋《あっせん》してもらい三十二歳から有名ブランドの調香師として活躍し、三十六歳の時に名誉ある『NE』の称号を与えられた。

にもかかわらず、すぐに逃げるように隠居してここに住んでいる人。

子どもの頃から、海外の話や珍しいお土産、そして豊富な知識を惜しげもなく与えてくれるので、私は叔父さんが好きだった。

それに、繊細そうで線の細い中性的な顔で、男の人なのになかなか綺麗だ。吸血鬼みたいに年を取らないとも母は言っていたかな。

「そろそろまとめて香料を注文してほしいから、在庫チェック頼む。多めに欲しい材料はファイルにまとめているから」

「確認します」

ほうれん草とツナとお豆腐で作ったおやきを薫人に渡すと、手づかみで上手に食べ出した。お利口だと頭を撫でて褒めたあと、キッチンへ向かった。

一階の一番奥のキッチンに、二階の工房で保存できない香料や天然オイルを保管している大きな冷蔵庫があり、そこにパソコンも置いて通販の発注メールも確認している。

現在私は、調香師の叔父の下、叔父の名前は出さずに企業や個人のオーダーに合わせて調香して商品化したり、自分自身の経験を積み、他社に売り込む時の武器になるような実績作りに自社オリジナルの香水を作って通販で売ったりしている。発売元は変えられないので、叔父と懇意にしていたり熱狂的なファンには子会社と認識はされているかもしれない。でも質を見れば叔父が携わっているか無関係かはすぐにわかるので、叔父の名のプレッシャーは感じずに仕事させてもらっている。

しかし、メインは、あくまでもオーダー香水。叔父のブランド『NE NARIHIRA ISHII』を冠して引き受ける仕事の助手やお手伝いの方が多い。叔父が引き受けるのは今でも付き合いのある信頼できる取引相手のみだけど、素材やコンセプトにこだわっているので制作期間は長期になる。

そして通販の受注や確認は、全て私だ。事務や税理士を雇ってほしいけれど、人と交流するのが面倒だと、叔父さんは最低限の人としか付き合わないのだ。

一流の香料、原料があり、オリジナル香水を頼まれたりして、それなりに充実しているけれど、事務仕事だけは結構苦手。

肩まで伸びた髪を、高い位置でお団子にまとめて、観葉植物のお水を補給する。

「薫人は天才になるな。もうご飯も食べて掴まり立ちしてるぞ」

叔父のデレデレな発言に吹き出しつつも、親ばかな私は心の中で頷いた。

薫人はハイハイが上手になり掴まり立ちも覚えて、お昼寝以外は目を離せないぐらい元気な子だ。保育園でもハイハイ競争で一番でしたと教えてもらったが、保育園に預けられて良かった。

そこまで元気な子を見ながら、たくさんある香料を机に広げて仕事は難しい。

「そういえば、今日お客が来る」

「……お客？　ここに？」

英字新聞を読んでいた叔父さんは、視線を新聞から上げることはなく、まるで新聞の内容を読み上げているような言い方だ。

「他人をこの屋敷に上げたことってあるっけ？　毎年やっている二階の工房の点検でさえも他人が入るの嫌がるのに？　あ、親戚？」

「いや、俺が日本に隠居する時に、この場所を提供してくれた古い友人の息子だ」

「叔父さんに友人がいたの」

　今までこの屋敷から出て飲みに行ったり、遊んだりしている叔父さんを見たことがないので想像できない。海外にふらっと飛んで珍しい香料とか持って帰ることは多々あったけど。

「そりゃあ俺も友人ぐらいいるさ。こんな隠居に最適な場所を提供してくれたんだから、俺も香水をあげたんだ。世界に五十本しかない、幻の香水だぞ」

「それって、『Serres-moi.《抱きしめて》』って香水？」

「ああ。お前が一キロ先でも匂いを判別できるって言ってたやつだ」

「……その匂い、もう二度と嗅ぐ勇気はないよ」

叔父さんが嬉しそうに友人の話をし出したので、薫人を抱き上げて聞いているふりをした。

煙草の匂いだけでも心がざわめくんだもの。あの香水を、知らない人がつけていたら、どんな気持ちが湧くんだろう。私の中では彼が一番あの香りを自分のものにしていたと思うけどなあ。

「じゃあ、私は二階で仕事してるけど、来たらお茶だけ出すから――」

「お前もいなさい。友人の息子だが、仕事の話でもあるんだ。二階のミーティングルームに案内するから」

ミーティングルームという名の、叔父さんの趣味のコレクションがたくさん置かれているあの場所。ようやく名前本来の使われ方ができるってわけか。

「ふうん。じゃあそれまで通販商品の梱包をするね。今日の四時までに出したいし」

仕事かあ。今でも連絡先を教えている人ってことは、大手の企業なのかな。

あの幻の五十本の香水が叔父さんの代表作って言われてたけど、香水の消費期限は冷蔵保存していても五年が限度。もう誰もあの幻の香水をつけている人は、いないはず。あの香りがもうこの世にないっていうのは、寂しい。嗅ぎたくないとは思いつつも、新しい香水を作ってほしい気持ちもあるんだよね。

だってこの通販で依頼されて作った香水が、あの有名な調香師であるISHIIが監修してるとは誰も気づいていないわけで、それってもったいないんじゃないかなって思うんだ。

「うわ、外車で来たぞ。嫌味なやつ」

叔父さんがソファから立ち上がり、窓辺に立った。

そして窓の向こうの車を見て、舌を出している。

「駐車場って向こうじゃない？」

家の前の大きな門の前で、車が止まっている。が、裏に回ってもらわないと、ここは叔父さんが趣味程度に育てているハーブが植えられた庭なので車は停められない。

「悪いが、案内してやってくれるか？　おじさん、珈琲《コーヒー》飲んでるし」

「はいはい。そのあと、私は一度薫人を保育園に連れて行くからね」

玄関でハイヒールを履いていると、叔父が薫人の口を拭いてくれていた。

叔父さんの友人だけあって時間も言わずにふらふら来るのね。

九時半までに保育園に送らなければいけないのに、来客が九時とはいかがなものか。

「靴下履かせて、タオルとお着替えだけリュックにお願い」

「りょーかい」

叔父は私に背を向けて、こちらを見ないで空返事だ。

急いで門の前まで走っていく。表札も、インターフォンもない門の前でブラックスーツの長身の人が、車からちょうど出てきたところだった。

「お待たせしてすみません。こちらです」

しまった。叔父さんから名前すら聞いていなかった。慌てて取り繕っても、いい加減な部分が見えてしまいそうだ。

――なのに。

門を開けて見上げたその男性は。

「えっ……」

どこにいても思い出してしまう、日常に紛れ込んだ煙草の香り。

息をするのも忘れて、目の前の男性を見上げる。

アスファルトの濡れた匂いも極上の香水の匂いも、ただただ全て記憶の片隅に追いやって忘れようと思っていたのに。

思えば叔父の今日の言動はどこか不自然だった。

それに朝早く、こんな時間に来客が突然やってくるのも不自然。

全て、不自然、だ。

なぜ私はその不自然さに気づかなかったのだろう。

「……え、え？」

そして、初めて嗅ぐブラッドオレンジが弾けたような爽やかな柑橘系のトップノート、アンバー、ウッディ系のノートの中、忘れられない彼自身の香り。

「初めまして、じゃあないよ」

低く鋭い声。その声もあの雨の日、雨の音なんてかき消されるほど、耳に直接囁かれた。忘れたことなんてなかった。自分勝手に求めて、自分勝手に逃げ出したあの雨の日。

何度、あの日を忘れる香りを求めたかわからなかった。

「……たい、が、さんっ」

あの日より、目つきが鋭くなった。あの日のラフな格好ではない。一流ブランドのスーツに時計、そして極上の香り。

この二年、忘れようと思っても忘れられなかった人。

「ああ、名前を忘れられてなかったようで、安心した。悪いが、車はどこに停めたらいい？」

「あ……あの、裏に回っていただく、ので」

「じゃあ、乗って案内して」

「はい」

拒否なんてできない流れるようなエスコート。ドアを開かされ、中に乗る。

すると車の中では一切煙草の香りがしてこなかった。新しい本革の匂いと、先ほどから香る香水は、日本では未入荷のはずのダイヤモンドカットのボトルデザインが有名なブランドのものだ。ダマスク紋様風の、透明感あるウェーブされたデザインは、香水の色に輝きとても美しい。ここの香水は見た目にもこだわっていて本当に美しいのに。

「ああ。こんな時にまで、香水の匂いに反応してしまって馬鹿みたい」

すぐ隣で運転している彼を直視することはできないくせに、香りに惹きつけられる。

「どっちか、早く言ってもらっていい?」

「は、はい。こっちを右ですっ」

怖い。大雅さんは何を思っているのかわからなくてとても怖い。

遊びだと思っていた相手が、送ってやろうと思ったのに、逃げた、生意気だ。とか?

これから仕事する先に、私がいて迷惑だ、とか?

あの日、抱かれるだけ抱かれて逃げた私のこと、軽蔑してるよね。

それとも、別に一回遊んだだけだからどうでもいいかな。

それを想像しても、気持ちが重くなる。

何か言わないといけないのに、驚いてどう反応していいかわからない。

人って、本当に驚く場面になったら驚くこともできず呆然とするのだと、この時知った。

彼にエスコートしてもらい車から降りてもまともに顔を見られない。

話しかける勇気もないまま叔父の家まで沈黙が続いた。

「ここか」

「はい。叔父さんは人を庭に通すのがあまり好きではなくて。その、少し待っていただいても大丈夫ですか」

薫人が叔父と一緒にリビングにいる。

薫人の存在は、この人にどう説明すればいいのだろう。

どう伝えればいいのかな。

二年ぶりの彼の顔を見て、言葉を失う。

眉毛とか耳の形とか、誤魔化せないほどに薫人は彼と顔のピースが似過ぎている。

「これ以上逃げられたくないな」

またため息交じりの焦れた言葉。

それと共に彼の腕が私を掴んだ。

「俺は本当に、本当に美月に会いたかった」

苦しげに吐かれた言葉に、動揺を隠せない。

どうして今、なの。

叔父の仕事のサポートも、薫人の保育園も、この生活も一歩踏み出したばかりの今。

どうして今、私に会いに来たの。

「美月の叔父がISHII NARIHIRAだとは覚えていたんだが、まさかこんな目と鼻の先にいるとは思わなかったな」

「ごめんなさい」

焦れたような低い声におずおずと謝って彼の顔を横目で見た。

すると無表情で、こっちを見ている。

「俺が中途半端に手を出して、いい加減な気持ちだと思っていたのだったら、俺の言葉も態度も足らなかった」

「だって」

あの日、電話の相手と笑っていたのを見てる。

そのままニューヨークへ引っ越すって笑っていたじゃない。

「それとも俺はあの日、君の弱さにつけこんだ最低な男だったか？」

そんな風に苦しげに言われて、言葉が出てこなかった。

感情を掻き回されて何も言えなくなってしまう。

いい加減な気持ちじゃない？

でもあの日、電話では……。

私が狼狽えるのを見てか大雅さんの顔が綻んだ。

鋭い目つきが和らぐと、二年前と何一つ変わっていない表情になる。優しいままだった。

「美月」

もう一度、名前を呼ばれた。

もうそんな声で呼ばれると、何も考えられなくなる。

視線を外すこともできない。私のことを探していたと言う彼の瞳が、大きく揺らいでいたから。

「おい」

見つめ合っていた私達の前で、家の扉が開いた。

扉の奥から、薫人を抱いた叔父がこちらをジト目で見ていた。

「修羅場中のようで悪いが、今日彼は仕事で来てるんだ。中にさっさと案内してもらえると助かる」

叔父の落ち着いた様子に、叔父はこのことを知っているように見えた。

「失礼いたしました。こちらにどうぞ。私は薫人を保育園へ送ってくるので」

叔父から薫人を預かりながら、声が震えた。

「申し訳ない。仕事に戻ります」

落ち着いた声で、彼はそう言うと私を見ることはなかった。

代わりに綺麗な横顔を見ながら、私はそそくさと二階へ彼を案内した。

煙草の銘柄は変わっていないようだけど香水だって変わっている。

あの日に囚われていたのは、きっと私だけだろう。

親子の初対面なのに、薫人はじっと彼を見るだけで、彼は私の後ろを静かについてくるだけだった。

＊＊＊

彼を案内してすぐに、薫人を保育園へ送り届けた。そしてお茶さえも用意せずに飛び出したことに後悔し、血の気が引くような思いだった。

すぐに戻って、玄関の靴を確認した。まだ帰る気配はない。

珈琲と紅茶はどっちがいいだろうか。聞いてこようか。でも話しかけるのが怖い。

私こそ今更どんな顔で彼に会えばいいのかわからない。

怒りとか悲しさとかとっくに消えている。けど、穏やかに生きていきたかったから
もう会うことはないと、少しだけ会いたくない気持ちはあった。

ぐるぐると考えて、紅茶を二つ、珈琲を一つ用意して、ミーティングルームへ向かう。

ミーティングルームとは名ばかりの、叔父さんの世界中から集めた石が飾ってある部屋だ。アメジストやエメラルドなどの宝石から、砂浜に落ちていた丸みを帯びたガラスの破片まで、高級品とそうでないものが混ざって飾られている。

ノックをすると『どうぞー』と叔父さんの呑気な声がしたので、一礼しながら中へ

入った。叔父さんは、初対面のはずの大雅さんと雑談に花を咲かせているようだった。

「すっごい遊んでそうな、悪い匂いがするよね、君」

「失礼ですね。こう見えて、ニューヨーク支社にいる時は仕事が恋人でしたよ」

「ニューヨーク支社って、何年いたの？」

「二年ですね。入社して数年の時に海外赴任が決まって。あの時は海外にまで手を伸ばすことを知らなかったので我武者羅《がむしゃら》に仕事ばかりしてました。若かったので、学ぶことしかなかったですね」

彼の目の前に紅茶を置くと、小さく礼をされたが視線は合わなかった。

「嘘臭いなあ。そう思うよね、美月」

「えっ」

なぜ私に振るの、と焦っていると叔父が爽やかな笑顔を貼りつけた。

それは私の知らない余所行きの叔父の顔だった。

「美月は頼んだ仕事に戻っていい。あとは二人で話すから」

「わかりました」

私の動揺を察知して気を使ってくれたのがわかる。いつもの叔父ならばきっとデリカシーの欠片もなく彼に私のことを聞いていたはずだ。

「失礼します」

ちらりと見たミーティングルームは案の定、石のコレクションを隅に押しやっただけの状態だった。椅子の上にも石のコレクションの標本箱がそのまま重ねられている。

このテーブルと椅子、叔父さんが好きなハリウッド映画のワンシーンで使われたのをそのまま貰って、日本に運んできたお気に入りのはず。

そのテーブルを挟んで、映画のワンシーンのように、イケメン二人が会話しているのに内容が全く頭に入ってこなかった。


二階から逃げ出したあと、在庫の管理と梱包などの発送準備。そしてオーダーメイドの受注シートの確認をした。

したけれど、仕事に身が入らない。二階に彼がいる不思議と緊張に、冷や汗が出てくる。

当時は連絡先も知らなかったし、ニューヨークに飛び立つ前日だと言っていた。

でも、彼がエマの社員だと知っていた。本当に会いたかったら会社に連絡だってできた。

連絡もせずに一人で育てようと決めたのは、彼の言葉もあるけれど、これ以上誰かに甘えてふらふらする情けない自分が嫌だったから。

ニューヨークへ行く前日だからと一夜だけ遊ばれた相手に連絡して、傷つけばもう立ち直れないと逃げたのは私。

本当に薫人のことを思えば、父親である彼と話し合うことは必要だったのかもしれない。

あの当時、産みたくて猪突猛進《ちょとつもうしん》に日々を過ごしていた私にはそこまで冷静に話せる状況ではなかった。

「うーわー。駄目だ」

一人で事務作業までしていたら、ぐるぐると答えが出ない悩みが頭の中で暴れまわる。

何も考えたくなくて、オーダーメイド用の香水の仕事へ逃げてしまった。

好きな匂い、極上の匂い、香料に囲まれながら今はまだ逃げることしかできなかった。

＊＊＊

仕事のおかげで時間はあっという間に経って、薫人を保育園へ迎えに行った。

家に戻ってもしばらく元気に遊びまわるので、彼が帰るまで接触がないかひやひやしたけれど、本当に仕事の話だけして帰っていったらしい。見送りには行かなかった。

窓の外はオレンジ色に染まり、部屋に散らばったおもちゃを、おもちゃ箱へ押し込んだ。

薫人を寝かしつけて洗濯物を畳み、受注完了した在庫を整理し終わった時には、リビングで叔父が一人でテレビもつけずにお気に入りのソファに座っているのが見えた。

こちらからはソファの背に隠れ、叔父の表情は見えない。

「美月、薫人は大丈夫か?」

「うん。寝たよ」

「こっちにおいで」

優しい口調なのにどこか冷たくて、一瞬息を呑んだ。

仕事に夢中で真剣な時と同じ表情に、私も覚悟を決めてソファに座った。

仕事モードに切り替えろと言わんばかりに微笑まれ、つられて情けない顔で笑ってしまった。

「今回『エマ』の副社長から、美月を指名して仕事の依頼が来た」

――担当希望？

大雅さんが、私を指名してきた？

叔父さんが名刺ケースから彼の名刺を取り出すと、私に差し出した。

オーガニックアロマサロン『エマ』副社長　櫻井大雅　と書いていた。

二年前は『エマ』で修業中と言っていたけど、副社長だとは一言も言っていなかった。

「先月までニューヨークにいたらしいし二年も日本にいなかったのに、どうしてあんなに美月を探していたんだろうね」

「あんなに？」

先ほどの苦しそうに瞳を揺らす大雅さんを思い出して心が大きく揺れた。

驚いて名刺を凝視してしまう。

「知り合いみたいだし仕事は全部任せていいの？」

「え、あっえーっと」

「嘘だよ」

叔父さんが受け流してくれるはずもない。

たらりと流れた汗が背中を流れていく。

「薫人のためにも誠実に判断してほしい」

叔父の言葉に、全て見透かされているのがわかった。

「俺もね、自分でもわかるほど面倒くさい人間だからね。評価される前と評価されたあとで態度を変える人間が好きになれなくて、人を避けてきた。新規の依頼も全部断るような人間だよ」

叔父が知り合い以外の仕事を受けないのは知っている。

逆に信頼が置ける相手であれば世界に一本だけの極上の香水を作るような人だ。

「櫻井夫妻には過去にお世話になったし、気の置けない友人でもある。息子さんにも小さな頃に数回会ったことがある。だからお前に会わせてほしいという連絡も悩んだんだ。俺が勝手に決めていいのかなと」

叔父さんが私に気づかれないようにずっと悩んで考えてくれていたことに涙が出そうになって下を向く。

「渋々連絡先を教えたら、彼は嘘偽りない気持ちを伝えてくれたし、俺の判断で美月や薫人の未来を変えることもしたくない」

その言葉に、心臓が激しく鳴る。

そうだ。彼は一夜の相手だけじゃなく、薫人の父親でもある。

私だけの問題ではない。

「二人の間に何があったかは聞かないが、大きな誤解があって一人は逃げて、一人は再会したがっていた。つまりもう一度向き合ったら何かが変わることもある」

叔父はテーブルに置いてあった茶封筒を私の方へスライドさせてきた。

「この企画書、まずは目を通してくれるかな」

何がなんだかわからないまま、企画書を受け取った。

仕事の依頼は、大手オーガニックアロマサロン『エマ』創立十周年記念のオリジナルアロマの香水の作成。ボトルデザインなどは『エマ』のコンセプトに基づいて予めデザイナーが作っている。

「オーガニック素材だけで香水を作るってことですね」

アロマサロンで売ることになるが、創立パーティーでミニサイズのものを会員全員に渡すから二種類のボトルを作成、か。

オーガニックと謳うだけあって素材の指定も高級で悪くない。しかも予算も惜しまないし、最高のクライアントだった。

丁寧に作り込まれた資料を読み込んでいると、気づけば温かった紅茶は冷めていた。

テレビもつけず無音の部屋の中、夢中になって資料を読む私を、叔父は温かい目で見てくれている。

「この企画書に載っているオーガニックと認定されている素材だけで作るのは、うちの在庫だけでは現段階では材料が少し足りないものもありますが」

「そうだね。香料だけじゃなく、アルコールもオーガニック素材で作れるからね」

叔父さんも企画書を覗き込みながら、頷く。

「こーゆうさ、こんな香水が欲しいってイメージを持って来てくれるクライアントの方が作りやすいよ。俺の香水じゃなくて、俺の名前の香水が欲しかった連中の頭に企画書を叩きつけてやりたいぐらいだ」

企画書を見ながら、何度も頷く。確かにこの企画は、素人である私でも調香が楽しめそうでそわそわしてしまう。

「どうだ？　彼がクライアントでも仕事はできるか？」

叔父さんの言葉に顔を上げた。

叔父さんは全てお見通しと言わんばかりに微笑んでいる。

「彼に会いたくなくても、仕事としては楽しそうだろう。君の調香師としての一歩にしては大きな実績にもなる。問題は、君はこれを仕事として全うできるか、だ」

相手は一夜だけ関係を持ってしまった人で、再会するのも恐れ私は一人で子どもを育てている。

子どもの父親であるクライアントと仕事だけの関係は、未熟な私では無理だ。

「仕事中のお互いのこともよく知れるし、歩み寄るきっかけとして同じ企画で相手と関わってみる気はないか？」

朝からの不自然さの全てが、この企画に私を参加させるための違和感だったのだと、察した。

彼が私の前に現れるきっかけとこれから彼を知るきっかけになるような、仕組まれた企画だ。

「……叔父さん。でも、私はまだ叔父さんの下で修業中の身なので、こんな大切な企画の香水なら、私より叔父さんの方が——」

「いや、君がいい。大雅くんは、君がいいらしいよ」

封筒に企画書をしまう手を止めて、その言葉に簡単に揺らいでしまった。

「話題性が欲しくて依頼したわけではない。君の香水の知識を信頼してるらしい。雨の日に落ちる薔薇に胸を痛めるような、君だからこそ依頼したようだよ」

信頼って、たった数時間しか会ったことがない関係なのに。

「たった一度だけでも会った瞬間に信用できるかできないか、俺は自分の直感も信じているんでね。やってみなよ。美月は能力があるのに消極的過ぎる。一から全部、美月に任せるから、やれるところまでまずはやってみな。いいね」

「……もちろん、やりたいですよ」

ただ私が逃げ出したのに、彼の方からカモやらネギやら背負ってきたら迎え入れるような私は、私が嫌になる。都合が良過ぎる。

私はそんな簡単に全て受け入れるような甘い気持ちで二年を過ごしていない。

一から任せてもらえるのは初めてだし、オーガニック素材だけの香水なんて、香料を考えるだけでも楽しそう。ただ大企業の大事な十年目という節目の企画と、目の前のこの人との仕事ってことがプレッシャーだがやりがいがあるのもわかる。

「じゃあ決まり。そうだ。今度は工房を案内してやりなさい、美月」

「え？」

だって絶対、他の人を入れたことないじゃない。どうして、突然、大雅さんだけにそんな。

「この企画書を見る限り、香水の調香には今まで携わってきてなかったようだし、少し教えてあげなさい」

「叔父さん。……ありがとう。そしてたくさん、たくさん考えてくれてありがとう」

あの日のことから逃げて、自分だけでなんとかしようとしていた。薫人のことも考えずに自分の考えだけで。

「ああ。今度は君が親として考える番だよ」

叔父の言葉に、深く深く決意するように頷いた。

三、薫る雪の日。

次の日、薫人をいつもより早めに迎えに行った。

保育士の話では、薫人は掴まり立ちから数歩歩けるようになったらしい。

八か月で歩けるようになるとは、この子はなかなかに天才かもしれない。

今までは抱っこやベビーカーで登園していたが少しずつ家でも歩かせたり登園で歩かせるのもいいと言っていた。

「あーうー」

両手を突き出して、ベビーカーから出たいと騒ぎ出した。

叔父の家までは緩やかな坂を上がっていくが、薫人の足では何分かかるだろう。

手を差し出して、ゆっくり二人で歩く。

鼻を掠めるのは、あの雨の日に出会った薔薇の香り。

もう少し上がると、彼と出会った屋敷の前を通り過ぎる。

あの日から何度か通っていたけれど、人の気配も感じられなかったし公園だと間違えて入ってこないように厳重に施錠された鉄の門しか見なかった。

薫人が満足するまで歩こうと思っているけれど、この門の前は早く過ぎたかったな。

「――美月」

「えっ」

薫人の手を強く握りしめながら、顔を上げる。

すると鉄の門が錆《さ》びた音を立てながら、ゆっくりと開いている。

その横でスーツ姿の大雅さんと、中へ入っていくトラックが見えた。

「危ないよ」

駆け寄ってきた大雅さんが、薫人を軽々と抱きかかえると、私の手も掴んだ。

その後ろからトラックが続けて二台、庭に入っていく。

「しばらく人が入っていなかったので、手入れをお願いしたんだ。傷んだ壁の修繕と温室と薔薇の手入れとかね」

「そ、うなんですね」

心の準備もせずにまた出会ってしまった。

話さなければいけないことはたくさんあるのだけれど、動揺して上手く声が出ない。

ただ――。

「それ、痛くないですか？」

薫人が大雅さんの鼻を掴んで引っ張っている。

注意しようと思ったけれど、大雅さんが微笑んでいるので注意より先に質問をしてしまった。

「いたひ」

次に頬を引っ張られ、上手く喋れない様子に私も小さく笑ってしまう。

「名前は？」

「薫に人って書いて薫人。生まれた日に雪も降ってたから、呼び方はゆきとなの」

「ああ。君らしい」

髪を引っ張ろうとした薫人の手をやんわり掴むと、その小さな指をまじまじと見ている。

「誕生日はクリスマスなんだ」

予定よりちょっとだけ早く生まれたけれど、生まれた日でもわかると思う。

「そうか。誕生日に間に合って良かったよ。今は保育園の帰り？」

「そう。掴まり立ちから歩けるようになったし、本人も自分で歩きたいらしくて」

「そうなのか、薫人」

抱きかかえていた薫人を少し引き離し、地面に下ろそうとした。

「あー」

けれど薫人は抱っこをせがむように、大雅さんに両手を伸ばした。

そして大雅さんの服を掴むと、離さないと言わんばかりに小さな手で強く握りしめていた。

「美月」

その小さな指を見ていたら、涙が零れ落ちた。

話をしないといけない。彼と今後のことも過去のことも全て話さないといけない。

「あの日、俺は美月に不誠実で逃げ出したいほど酷いことをしたか？」

その返事は上手くできない。

ただ片手で薫人を抱きしめながら、彼は右手で私を抱きしめようとしていた。

「どのくらい謝ったら君に許してもらえるのかな」

伸びた指先が、何度も何度も流れる涙を拭ってくれた。彼の指先が涙で濡れていく。

「ニューヨークに行くって聞こえて、一日ぐらい羽を伸ばしてもいいだろって、笑っているのが聞こえて、私――」

あの時は、就職のことで心がズタボロだった。

縋ったあなたの温もりに助けてもらったのに、その温もりが一夜だけの遊びだったと笑われるのが怖くて逃げた。

あの日は逃げることでしか自分を守れなかった。

口からたくさん言い訳を吐き出しそうになった。目の前の彼に全てぶつけて、自分を正当化して守ろうと、防衛反応で心が固くなっていく。

「君をニューヨークにさらってしまおうと思っていたし、無理でも恋人になれるかなって俺は浮かれてた。悪かったな」

大雅さんは私に薫人を渡すと、薫人を抱きしめる私ごと抱きしめてくれた。

鋭くて射抜くような鋭い瞳は、今はとても愛おしげに私達を目を細めて見ている。

あの日とは違う香水の香りも、彼の体温に混じっていて、今日の香りも好きだ。

あの日のオフのような下ろした髪じゃなく、雨で濡れた髪でもなく、セットされた仕事中の彼の真面目そうな姿。

私なんて簡単に包み込んでくれる大きな体に、体温に、香りに動揺していた心臓が落ち着いていく。

おかげで大きく息を吸い込んで落ち着くことができた。

「あの、再会できたことは薫人にとってはいいことですし、これから色々と話さないといけないのですが」

この二年のことを思えば、私にはまだ彼との未来なんて考える余裕がないのが現実だ。

「一人で育てようと決めた時から、仕事や薫人のことを考えてきました。叔父には抱っこにおんぶしてもらって今があるんです。その……今は仕事と薫人のことを一番優先していて――」

逃げて忘れようとしたあなたのことは今は考えられないなんて、自分の都合を言っていいのか躊躇《ためら》った。

もし彼が、このまま薫人にも私にも興味持たずただ仕事だけ依頼して去っていっても今の私は傷つかないと思う。

恋心とか甘い感情はもう全て捨ててしまっていた。

「子どもを産んでいたから、じゃあ結婚しましょうは何か違うってことだね？」

端的にまとめてくれた彼に、私も頷く。

心の中で渦巻く色んな感情を乗せずに言えば、極論ではあるけどそうだ。

「二年は長過ぎたね。ごめん」

彼は私と薫人の頭を撫でると、腕時計を確認した。

「業者の清掃はもう少しかかるから、それまで今の君のことを教えてもらってもいい？」

「あ、叔父も仕事場を案内してって言ってました」

「決まりだね。車出すから待ってて」

彼が携帯を取り出しながら、門の中へ入っていった。

その彼の後ろ姿へ、薫人がずっと両手を伸ばしていた。

「行こうか」

門の中へ入ったすぐに彼が車で私の方へ来てくれたけれど、私はベビーカーを見ながら頭を下げた。

「ごめんなさい。チャイルドシートがない車には乗れないです」

車で上がれば叔父の家なんて数分なのに、その数分でも交通法は守らなければいけない。

「ああ、そうか。じゃあやっぱり歩くか」

なぜか彼は楽しそうに笑って、再び車を戻しにいったのだった。

いつの間にかベビーカーの中で眠ってしまったので、二人で歩いて歩くのは少しだけ緊張した。

でも大雅さんは、緊張している私の分までたくさん話しかけてくれて、離れていた時間のことを教えてくれた。

彼はニューヨークにできた『エマ』の支店の経営が安定するまで約束で二年間、海外で働いていたらしい。

そこで結果を出し実績も作れたので、急いで帰国してきたという。

「父はニューヨーク支社が気に入って家も購入しちゃってるんだよ。俺が早く実績や結果を出したからと会社を譲ろうと無茶ばかり押し付けてくる」

苦笑しているけど、仕事にやりがいがあるんだろうなっていうのはわかる。

私も今は叔父の手伝いの方が多いけど、楽しいと感じているしやりがいがある。

「帰国したら一番に君に会いに行く予定だった」

叔父の家の門が見え始めたけれど、必死で彼の言葉を理解する方が先で他は何も考えられなかった。

門の鍵を出さなければいけないのはわかっているのに、動けない。

「連絡先も聞かずに、追いかけられなかったけど、絶対に会えると思っていたからね」

「そうですよね。あなたは私が『ISHII NARIHIRA』の姪だとわかってたし」

「そう。ただ相手が『ISHII NARIHIRA』なのが逆に時間が掛かったよ。日本に隠居してから知り合いしか取引していないと親から聞いていたが、頑なに両親も情報を教えてくれなかったから。こんなに目と鼻の先のお屋敷にいるとはね」

慌てて鞄から鍵を探すために背を向けた。

まっすぐに私を見つめてくる大雅さんの瞳はちょっと苦手だ。こちらを見透かされてしまいそうな不安を感じてしまう。

「両親が『ISHII NARIHIRA』が溺愛する姪っ子の子どもの子育てについて、相談の連絡が来たと言ってね。頭が真っ白になったよ。なんとしてでも、両親に土下座して一刻も早く君と、君の叔父さんと会わなきゃいけないなって」

鍵が見つからない。

鞄の中の鍵が見つからなかった。

手を入れてまさぐっても、焦って焦って見つからなかった。

「美月。俺は会えないなんて考えたことはなかった。再会のあとのことしか考えていなかったんだ」

鞄の中から鍵を見つけることができなかった私を見て、彼は苦笑した。

「困らせるつもりはないんだ。工房の案内は後日でいいよ。そうだな。明後日は時間ある?」

鞄に手を入れたまま、目をきょろきょろさせてしまう。

歩くのに夢中だった薫人もドアが開かないので私を見上げてずっと待ってくれている。

薫人がいていいなら午後からはいつでも大丈夫。

午前中も大丈夫だ。それどころか、エマのアロマ香水の企画を私が担当していいのであれば、これから取引する大雅さんには香水のことを知ってほしい。だから早く案内したい気持ちはある。

「調整できます。ご連絡いただければ、すぐに対応します」

「じゃあ今日は帰るよ」

大雅さんは自分の名刺を取り出すと「ペンを貸してほしい」と言うので、急いでペンを渡した。

「どっちでもいいから連絡して。明後日でもなくていい。急かして君が正常に考えられないのは嫌だしね」

差し出してきた名刺は裏側で、大雅さんの電話番号が書いてあった。

表に書いてある会社の電話番号ではなく、自分の電話番号を書いてくれたんだ。

急いで書いたのがわかる、かすれた最初の数字に私の胸が締め付けられた。

「今日は偶然でも会えて嬉しかったよ。お休み」

彼が薫人の頭を撫で、私へ手を振って坂を下りていった。

すとんと落ち着いた私は、簡単に鞄の中から鍵を見つけることができた。

本人を前にすると自分でもわからなくなる。

とっくの昔に恋愛なんて諦めて、家族のために頑張ろうと決めたから、大雅さんが私に会いたかったと言ってきても素直に受け止められなくて、答えが出せなくて焦って余裕がなかった。

そんな私を見て、彼は一歩距離を取ってくれたんだ。

振り返らない彼の背中に、胸が痛んだ。

あんなに薫人を愛おしげに抱き上げてくれた人だ。二年会わなかった間に勝手に子どもを産んで、あなたの存在はいりませんよって生活していたら、気持ちをぶつけてきても仕方ないのに。逃げた私にもっと強い感情をぶつけてくれてもいいのに。

それでも気持ちの余裕のない私に、考える時間をくれようとしている。

そんな優しい彼の背中を見ると、胸がとても苦しくなった。

彼の香水に心躍って、素直に優しさに甘えて、彼の香りに包まれて満たされたあの一夜が恋しくもあり、憎くも感じて苦しい。

薫人を抱きしめながら、私の胸は痛みで押しつぶされそうだった。

＊＊＊

この二年間、あの日の匂いが忘れられなかったのは本当だ。

あの日、彼の存在がどれだけの救いで、どれだけ私の心を満たしてくれたのかわからない。

プルースト効果ではないけれど、雨の日の強いアスファルトの匂いを嗅ぐと、朝露に濡れた薔薇の香りを嗅ぐと、あの日の記憶が私を締め付けていた。

だって彼は、クレオパトラでも魅了してしまう薔薇の香水をも、自分の香りにしてしまう極上の人間で、そんな人が私を抱きしめてくれたのだもの。

「うう」

あの日の香水ではない彼に再会した。

あの香水が媚薬のように私を酔わせて、一夜を過ごさせたのだったら良かったのに。

再会した彼の香水の香りも極上だった。

どんな香水に変えていたって、彼の香りは私の胸を締め付ける。

つまり私は彼の匂いが、人生で一番理想的で、好きなんだ。

二年前のことが、つい昨日のことのように思い出されてしまう彼の香り。

冷たい顔に表情が乗ると、息を呑むほど素敵だった。

逃げ出した私を追いかけようとしていた。

けれど私はあの時の言い訳とか説明が欲しいわけではない。

今夜二人で会うのは避けられないのだとしたら。

これから仕事で会う機会が増えるのだとしたら。

過去をしっかり清算するためにも、向き合わなくちゃいけない。

彼に伝える言葉を整理して、今後の未来も考えられるように私がしっかりしなくちゃいけない。

あの時みたいに本能で、突っ走るような暴走をしないように。同じ目線で同じ未来の話をしなきゃいけない。

薫人を保育園へ送ったあと、家に帰ると叔父がニヤニヤしながらタブレットを見てスケジュールを確認しているところだった。

「なんですか、そのにやけた顔」

「いやあ。櫻井の子どもが大きくなったんだなあと」

大雅さんに門まで送ってもらって二日。頑張って心を落ち着かせて、仕事中は仕事だけを考えようと割り切れる自信があったから、今日のスケジュールを組んだのに。

「あの依頼受けるなら良かったな。予算も多いし頼みたいって言ってたメーカーのオーガニック香料、たくさん頼めるぞ」

呑気に叔父さんがそんなことを言ってくる。

「うう。いいことばかりなのはわかっているよ」

「なんだっけな。ことわざがあった気がする。全部自分に返ってくるってことわざ、なんだっけ。『なんじの出《い》ずるものはなんじに反《かえ》る』だっけ」

「うう。古傷を抉《えぐ》らないで」

「だが今日会うんだろう。動揺しないように気を使ってあげてるんだよ」

珈琲のいい香りがして、叔父の方を見る。

叔父が珈琲を煎れてくれるなんて珍しい。

叔父なりに気を使ってくれているのかと思ったが、あの顔は違う。

私の目の前に珈琲を置くと、タブレットのスケジュールを指さしながら椅子に深く座り直した。

「あの息子のどこが良かったんだ。どの系統の香水をつけてたんだ」

「なんで香水の話になるの。……でも叔父さんの『Serres-moi.《抱きしめて》』を、自分の香りにしていたの。そんな人、生まれて初めてだった。あの香りは、確かに媚薬みたいに魅力的で」

「あーっ」

叔父さんが突然大声を出すので、飲もうとしていた珈琲の水面が大きく揺らいだ。

「なるほど。あの日だな。雨の日、ずぶ濡れで帰ってくるどころか、海外メーカーのシャンプーなんて香らせて帰ってきた日な。確かに様子もおかしかったなあ」

叔父さんは変なところで勘が鋭いから本当に迷惑だ。

でもああ、そのせいで私も思い出した。

これは因果応報ってやつだ。

「あの時に何があったか知らないが、仕事を引き受ける以上、お前は大きなクライアントの前で、私情を挟まないな？」

「むしろ挟んできたのは相手だし」

仕事の依頼と扮して私とコンタクトを取ろうとしただけ。

私の実力を認めての行動ではない。会うための苦肉の策だったのだと思う。

「十周年の記念香水といってもきちんと販売されるものだぞ。これからも取引はあるんだから、早く公私を安定させとくんだぞ」

そうなのだ。なんと言っても、初めて指名されての大きな取引先だ。

企画書を確認しながら、在庫や発注の確認に自分のタブレットを起動させた。

「叔父さん、うちで取り扱ってない分のオーガニックオイルをいくつか発注したいんだけど」

「いいぞ。ロンドンのメーカーに、希少なエッセンシャルオイルでアロマやオーガニックコスメを作っているところがある。そこに、企画書にあった材料を注文しておく」

「お願いします」

一見さんでは見つけられないような、または注文できないような香料も、叔父さんの今までの経験や実績のおかげで手に入るのはとても助かる。

「そうだ。今日は初めてのお前のクライアントができたことだし、ピザか寿司取ろう」

「もー、またすぐ楽をする。油断すると野菜を食べないのに」

冷蔵庫を覗くと、ハーブはたくさんあるんだけどね。

「それに今日は駄目だ。別の日にしましょう」

「ん？　なんか予定があるのか」

「……まあ、ちょっと。薫人のこととかも話せたら話したいし」

考えれば考えるほど御馳走を食べる気にはならない。

逃げ出したあの日のことから向き合わないといけない。

私に人生経験や恋愛経験がもっとあって、彼と同じ目線で話ができれば楽だったのに、本当の私は日々の生活がいっぱいいっぱいの現状だ。

あの日みたいにドキドキして、流されてなんて馬鹿みたいなことが起きないような、逆に誘惑できちゃうような魔性の力が欲しい。

「美月はもう少し、プライベートも仕事も自信を持った方がいいけどなあ。実力もあるし中身もいい子だぞ」

「身内から言われても、嬉しくないなあ」

「まあちょっと大げさに褒めただけですがね」

「……そうそう。叔父さんは、そういう人ですよ」

「さすがにその格好でデートってわけでもないだろうが、大雅くんと打ち合わせする時は今度からもう少し気を付けたらどう？」

にやっと叔父さんが笑うので、どこまで察しているのかわからないから下手に騒げず、ぎゅっと我慢した。

「そうですね。最低限の身だしなみは気を付けますよ」

自信なんて持てる要素はないけど、一応私だって香水やアロマキャンドルに興味がある女性だ。悲鳴を上げてしまうような流行遅れの私服で出勤するはずない。あくまで無難な服装だと思う。

白のブラウスにジーンズと白衣では色気がないのはわかるが、今更可愛いワンピースに着替えるのも彼に変に警戒させてしまう。

香水は、その日の気分に合わせて色々な香りを楽しめる。けど服は違う。合うか合わないかは、生まれ持った顔が大きく関係しているんじゃないかな。

髪を下ろすと、団子にしていた髪が緩くウェーブかかっている。このまま出かけても大丈夫そうだ。

でも服は今日に限っては本当に適当で、部屋干ししてあった服をハンガーから直接取ってきて着たズボラさ。

今から着替えに帰ることは無理だから、せめて仕事用の眼鏡だけは今日は外しておこう。

遠くから車のエンジン音が聞こえてくる。

時計を見ると、ジャスト十時だった。

「おはようございます」

駐車場まで迎えに行くと、上着を腕にかけてネクタイを押さえながら歩いてくる大雅さんが見えた。

「おはようございます。今日は少し暑いね」

「そうですね。もう秋も終わるのに。あ、でも工房は香料とか置いてあるので少し寒いかもです」

湿度が高いのか少しじめじめしている。

薫人の運動会の時は暑かったけど、十月に入ると一気に寒くなったのに。

「そうなんですね。楽しみだ」

上着を羽織り直した彼から今日は香水の匂いがしなかった。

柑橘系の爽やかな香りも好きだったのに、残念だ。

でも香水を今日はしてないですね、って聞くものなんか変だよね。

それに今は仕事中だから仕事以外の話は極力しないようにしよう。

工房は、冷蔵庫に保管していない香料を棚にも並べて置いてあるので、室内温度を低く設定していて少し肌寒い。大雅さんに叔父さんの白衣を貸したけれど、小さ過ぎて、肩に羽織る形になってしまった。

「寒くないですか？」

「いや、大丈夫だ」

大雅さんは仕事モードに入っていて、棚に並べられた香料の入った瓶を熱心に見ている。

「うちは普段、小ロットの香水とかオーダー香水の一点ものを主に作っているので、厳選された材料のオーガニック香水をたくさん作るなら、香料も早めに海外のメーカーから取り寄せる必要があります。叔父はすでに海外のお店をいくつか見繕ってるので、大雅さんのご希望のものは全て揃えるつもりです」

「ありがとう。でも香料はどのメーカーがいいとかさすがにわからないから、お任せすることが多そうだな」

瓶を持ってラベルを確認しつつも難しそうな顔をしている。

「では私が選んで叔父に確認をお願いしてみます。叔父は収支がマイナスになっても満足できる調香しかしないので、理想的な材料を相談してみます」

極上の材料をこの工房の机に並べる未来を考えると胸が高鳴った。

「『ISHII NARIHIRA』らしいな。あの人、量より質。名誉よりやりがいって感じ。とても好感が持てる人だった」

「そうでしょ！　叔父さん、全然人と会わないから、偏屈ジジイとか面倒くさい性格とか評判悪いところでは本当に悪くって。でもすっごく、楽天家だけど、仕事中は――」

つい熱く語ってしまいそうになって手で口を押さえた。

仕事中で――しかも相手は彼なのに醜態を晒してしまった。

口をつぐむと、彼の目線が香料の瓶から私へと移っているのが見えた。

「……どうした？　続けて」

私を覗き込む優しい仕草に、急に胸が甘く締め付けられた。

「い、いいえ。身内びいきです。あの、良かったら一つ作って見せましょうか」

「ああ、お願いしようかな」

普段私が座っているデスクに案内して、そこに私の勝手な好みで香料を持ってくる。

「こっちの珈琲豆の瓶は？」

「匂い落としです。違う香料を嗅ぎたい時に、リセットするために珈琲豆を嗅ぐのがいいんです。あとは他人の香りを嗅いでもリセットできます」

「へえ」

珈琲豆もこだわって好きなブレンドにしている。必要ないところまでこだわるのは叔父が自分に似ていると褒めていた。

「エマをイメージして香水サンプルを作ってみましょうか」

「それは一度うちのサロンに来てから作ってもらいたいかな」

「そうですよね。じゃあ……」

いつもメールや電話で伝えられる言葉での香りのイメージや、サンプルの中からお客様が選んだ香りを参考に作っていた。

でも今は、私の実力も見てほしい。

「以前、大雅さんがつけていた香水に似せた香水を作ってみます」

「ああ、この前つけてたのかな。でもあれって」

「日本で未入荷の香水ですよね。材料は一応あります。値段とか産地が違うので全く同じにはなりませんが、ブラッドオレンジが弾けたような爽やかな柑橘系のトップノートに、アンバー、ウッディ系のノートにして」

カチャカチャと香料を選び棚に手を伸ばしていると、手を掴まれた。

「……えっ」

「同じものはいらない。俺のために俺の香水を作ってよ」

すぐに手は離されたけど、彼に触れられた部分がじんじんと甘く痛んだ。

期待してはいけないのに、仕事中なのに、心が震えてしまう。

「わ、かりました。じゃあ、ここから少し変えますね。適当に座って見ててください」

迷わず基調に選んだのは、タバック・レザー。新品の革の匂いに少し似ている。

「大雅さんがつけてた香水は、柑橘系。以前の叔父さんの香水をつけていた時は、薔薇の甘い系だったので、今回はそれらのいいところを合わせて、煙草の香りに交じるとセクシーになるようなものにしてみます」

「ああ、任せるよ」

「トップはベルガモット、レモン、マンダリン、クラリセージとか。柑橘系はちょっと入りますけど、基調はタバック・レザーなのでそこまで主張しません。ミドルに、オレンジブロッサム、カーネーション、ローズ、イランイラン。ラストは、レザー、バニラ、アンバー、シダーウッドとか少しだけ甘めだけど、大雅さんの煙草には合うと思います」

「ふうん。俺の煙草の香り、覚えてくれてたんだ」

「あっそれは」

「それにあの日、俺がつけてた香水の匂いも、ね」

足を組み替えて、調香している私を見る目が、少しだけ怖い。

怒っているのか、無表情だ。

「でも、香水の話を夢中でしている美月は、腹立たしくなるのが馬鹿らしく感じるぐらい、まっすぐで可愛いな」

「ひっ」

今まで、私にその言葉を言った人は、叔父さんとこの人ぐらいだ。

作った香水を、適量をテスターにつけて彼は目を閉じた。

「悪くないな。即興でこれだけ作れるのは、さすがだ」

「いえ。叔父さんが揃えてくれている香料が、どれも一流なおかげですよ」

……良かった。少なくとも私の提案や仕事ぶりには不満はなかったようだ。

まあ叔父さんがこだわっている香料だもの。そう失敗なんてしない。

「良ければ、うちのメンズ香水のサンプルも持って帰ってください」

「ああ、っと。そうだった」

渡したサンプルを受け取ると、彼は私の腕を引き寄せて、首筋を嗅いできた。

「な、何をするんですかっ」

「匂いのリセット。他人の匂いでもいいんだろう？」

そう言って、サンプルの匂いを嗅いで満足そうに微笑んだ。

その笑い方が、どこか意地悪が成功した子どもみたいに見えたのは、間違いない。

「じゃあ、そろそろ本社に戻るよ。挨拶だけのつもりが、長居し過ぎたな」

「いえ。次は、企画書に書かれた素材を全て用意してから打ち合わせしたいので、今週中に」

「では、準備ができたら名刺に書いてある電話番号に電話してもらっていいか。俺に直通だから」

「かしこまりました」

肩に羽織っていただけの白衣を受け取る。彼の手には、サンプルの香水の瓶が入った紙袋。歩くたびに小さくぶつかって音を出している。

仕事でまた今週中に彼に会う。

あんな出会い方をして、一方的に去ってしまったのに。

「石井《いしい》さんはどこかな」

「きっと庭で、ハーブを摘んでるかな。最近は車庫の奥で日曜大工にはまってて、薫人の椅子とかテーブルとか作ってますが」

工房から出て、見送ろうと後を追う。螺旋《らせん》階段を下りて、踊り場でふと彼が足を止めた。

「仕事が終わるのは、何時だ」

「仕事が終わっても薫人をお風呂に入れたり寝かしつけたりするので、早くて二十時とか」

「二十時に裏門に迎えに来ていいか」

「そう、ですね。……そうです。話しましょう」

「――じゃあ、また」

意味深な目配せ。さっさと叔父さんの方へ挨拶に行き、玄関に飾った薫人の写真を見て盛り上がっている。

逃げ足が速い。……なんて逃げた私ができる発言でもない。

中途半端にしてしまった私のせいだ。

今朝、見たばかりの左ハンドルの外国車。

スローモーションのように運転席が開く。高級そうな革靴と共に、香る匂い。身体がしびれてしまいそうな、全身の心臓の音を奪われてしまいそうな、爽やかなのに魅力的な匂い。香水だけじゃないその彼の匂いに、身体が熱くなっていた。

「……迎えに来た」

期待してしまうのは、彼の空気が柔らかいから。

期待してしまうのは、逃げた私をこんな風に迎えに来るから。

勘違いしてしまいそうになる。どう答えるのが正解だろうか。

彼と再会してから、止まっていた時間が加速しているようだ。

「俺は今日は仕事の話はするつもりはない。再会したんだから、会えなかった時間を埋めよっか。美月」

香りよりも彼の声のトーンの方が甘く感じる。彼の言葉が、私の心を掴んで強引に向き合おうと近づいてくる。触れられたら、逃げられない。捕まえられたら、吸い寄せられる。

彼の声も香りも、柔らかい声も笑顔も、全てが私に食らいつこうとしてくる。

「私は、謝罪したくて会いたいと思ったんです」

それだけだ。この先、仕事をしていく上で過去を清算するために謝罪がしたいだけだ。

「謝罪、ね。抱いたのは合意だったわけだけど、何に対する謝罪？」

首を傾げて直接的な言葉を言われ、顔が熱くなる。

「ま、乗った方がいいんじゃないか。石井さんにこの現場を見せるのも悪いしな」

動かない私に、彼は指一本触れずに心に触れてくる。

「お願いだから、乗って。話がしたい」

まっすぐに私を見る。

「いや、乗ってください？」

自分の言葉が強いと自覚があるのか、優しい言葉を探す。

そんな様子にほだされた私は、きっと簡単に乗ってしまう女なのだ。

「お腹空いてる？」

開けてもらった助手席に乗り込むと、彼が尋ねてくる。

素直に頷いた。叔父さんにご飯を作りながら、目の前のご飯が食べられないという空腹感があった。

「色々と話すならば落ち着いた場所がいいか」

「お腹が空いてるので、たくさん食べられる場所でいいです」

精いっぱい可愛くない言葉を探す。ムードのある場所に連れて行かれるのは嫌だった。

「じゃあすぐ行こう」

嫌な顔一つしない。それどころか、どこか少し嬉しそうだった。


「美月は、相変わらずいい香りがするな」

運転席に乗り込んだ彼がそう言う。

「首筋に噛みつきたくなるような、刺激的な感じだ。香水か？」

「そう。練り香水です。自分で作ったんです。あ、ちゃんと自分で購入した香料ですから。会社のものを横領とかしてないです」

「ああ。美月がそんなことするわけないだろ。美月らしい香りだ」

「……。そういう大雅さんも、香水……先ほど私が作った香水です、よね」

「ああ。素敵な香りだ。ありがとう」

すぐにわかったよ。

彼から漂う香水はトップノート。つまり私に会う前に香水をつけ直してくれたのがわかる。

「香水について自分でもちょっと勉強して色々調べてたんだ。美月が好きな香水も教えてほしいな」

車内という空間で、名を呼ばれた。

大雅さんがつければ大体好きな香りになりそうだとは言えない。

ただそれだけなのに、私の心臓はうるさい。

止めても止めても、何個も掛けていたアラームのスヌーズみたい、と思考がまともに反応しなくなった。

信号で車が止まると、彼は私の顔を刺すような視線でまっすぐに見つめてきた。

「な、なんですか？」

「どうしたら、今度は美月に逃げられないだろうかって今、色々考えてるとこ」

「……なんか、言い慣れてそうですね」

駆け引きみたいに、簡単に出てきたその甘い言葉を疑う。

「これだけ必死なのに、全然俺の気持ちが見えてこないか」

「だって、そんな言葉、……言われたことないし」

信じられないとは言えずそう誤魔化す。すると彼が私の髪に触れた。

「今度は忘れさせない。今日からずっと美月の頭の中に俺がいればいい」

そんな、砂糖みたいな甘い言葉を吐く。簡単に騙されてしまう女性もいるだろう。

でも、私は騙されない。そう思うのに、彼の指先から香る、彼の匂いに狂わされていく。

「それに忘れたことはないです」

「逃げた理由は、あの日の電話の内容を聞いていたから、でいいのかな」

過去の清算。私は観念して頷く。

ふわりと香る大雅さんの香りに、昔の記憶が呼び起こされた。

「あの時、電話ですぐに空港に向かうって言っていたから、だから」

「あの時、美月をさらってニューヨークへ行けば良かった」

「……うそつき」

「俺の気持ちや態度が嘘だと思ったから、逃げたわけだ」

なぜか途中から大雅さんは楽しそうだった。私の反応を見て、笑っている。

これはからかわれていると思っていいんだろうか。

この前はあんなに辛そうだったのに。

このままだと私はきっと二年前と同じ。大雅さんのペースに流されて、香りに囚われてしまいそうだ。

ちょうど信号に差し掛かったので、シートベルトを外して飛び出そうとした。

「美月」

「引き受けた仕事はちゃんとしますから、リセットしてください」

たった一回。たった一回抱かれただけだ。それも二年前。

それなのに、期待したくなるぐらい大雅さんが甘い言葉を吐くから怖くなった。

「ああ、また逃げるわけか。そうか」

「ちが――」

「もし、今日会って美月が気持ちを上手く処理できているなら、それでもいいかと思ったよ」

なかなか変わらない信号。後ろには車も来ていない。

あの時のように大雅さんは逃げ出した私を、急いで捕まえようとはしない。

「だが、俺に対しても香水のことを夢中で話す姿や、俺を見て動揺している姿を見たら、俺が嫌いで逃げたわけじゃなく、何か誤解があったんだと理解できたよ」

「私がこうやって、すぐ逃げちゃっただけ、です」

「それは俺が安心させてやれない男だってことだ」

美月のせいじゃないよ、と優しい言葉に胸が痛くなる。

大雅さんは二年前のことを責めようとしてこない。

「今日は何もしないであげるから、逃げないで隣に座ってくれたら嬉しいな」

「……今日は？」

「順序がめちゃくちゃだったが、今日は、だな」


過去のことを責めるわけでもなく、今の私を見てくれて、それでも甘い言葉をかけてくれる人。

不思議な人だ。こんなに魅力的な人なのに、どうして私に優しくするのだろう。

「香りだけじゃなくて、中身にも興味を持ってくれ」

おずおずとシートベルトを締め直す私に、苦笑しながらそう言う。

「あ、あお！　信号青になりましたっ」

あの雨の日、首に抱き着く時に一緒に巻き込んで抱きしめた髪。

自分から男の人に触れたのは、大雅さんだけだ。

忘れられるはずもない。けれど、でも私はその感触が懐かしくて、それ以降の記憶が曖昧になった。

連れて行ってもらったレストランで、ワインを飲んだ。

トルコ料理のレストランでジャズの曲が流れ、キッチンでケバブを焼いているのが見えて、甘い雰囲気というより楽しいエキゾチックな店内で、緊張が和らいだ。

スパイスと鮮やかで美しい野菜、豆類、ハーブがたくさん使われたトルコ料理は、サラダもメインもとても美味しかった。中でもドネルケバブにヨーグルトとトマトソース、溶かしバターをかけたイスケンデル・ケバブ、そしてヤクーツというワインが美味しく、ルビーレッドの色味が美しいこのワインは、その名の通りトルコ語でルビーを意味するそうだ。楽しい雰囲気もあってか、ついつい二杯も飲んでしまった。

彼の話に相槌《あいづち》を打ったり笑ったりしながら、ふわふわとワインを飲み続けたのだ。

大雅さんは車だったから飲めない。私も合わせて遠慮するはずが、アルコールの誘惑に負けてしまった。

普段は叔父さんが飲んですぐ寝てしまうのを横目で見るぐらいで、自分からは飲まない。だからお酒でこんなに気持ちが良くなるとは思わなかった。

大きなガラス窓に向かって配されたカウンター席で、隣同士に座った。

飲む、彼の髪を触る。彼の問いに首を傾げる。

彼からは触れてこなかった。けれど黙って私に触れさせる。

それが癖になった。離れられなかった。

私の作った練り香水も、彼の私を惹きつける香りも、強いアルコールの匂いの前に感服するしかなかったのだから。

彼の髪は、少し癖があって柔らかいのに、芯がある。

撫でると頭の輪郭がはっきりわかるのだけれど、それが触り心地が良かった。

だから気持ちがいい。だから触った手が、離れない。

「――いい加減、くすぐったいんだが」

楽しそうな彼の声がしたけれど、気にしない。気にしないどころか、絶対に離れてやらない。

「お前、絶対に俺以外のやつの前で飲むなよ」

髪に顔を埋めていた私の上で、彼の香りが分裂した。

違う。彼が着ていたスーツを脱ぎ出したんだ。

「……俺からは触れてないからな」

彼はふらふらな私を車まで手を繋いで誘導してくれた。

そして助手席を少し寝かせてくれて、私は倒れるようにそこに沈む。

でも大雅さんの手は離さなかった。絶対に離れない。

「おい、離せ」

「いやだー。離したら、ニューヨークに行っちゃう」

「帰ってきてるんだって」

クスクス笑う彼が私に水を渡してきたから、おとなしく飲む。

その優しさに、気づいたら涙が零れて、頬まで伝ってしまっていた。

「美月」

今は優しく、その名前を呼ばないでほしかった。

「私があの時、傷つくのを恐れず逃げなかったら、もっと違った未来があったのかもしれない。こうやってあなたと話すのは、やっぱり心が鷲掴みされてしまう、もの」

あの日に戻ることはできない。

あの日をやり直すことはできない。

彼は落ち着いてきた私を察して、少しだけドライブに付き合ってくれた。

車を停めた先は、坂の上から海が見下ろせる場所で、坂の上から海までの道が街路樹で繋がっていて綺麗だった。落ち葉がたくさん落ちていて秋の終わりも感じられた。

彼は助手席の扉を開けてくれながら、私の顔を覗き込んだ。

慣れないくせにワインなんて飲んで、大事な話をしたいと思っていたのは私なのに、黙って付き合ってくれた。

一歩引いて私が話すのを待ってくれている。

「その……叔父の家で再会した時、すごく動揺してしまって申し訳なかったです。ちゃんと話をしようと思っても、あなたの顔を見るとあの日のことを思い出すのに、あなたはあの時のまま優しいから混乱しちゃって」

大人としては取り乱し過ぎて、恥ずかしい。

けれど私がきちんと気持ちを伝えなければ、会いに来てくれた彼だって先に進めない。

「薫人のことは私が産みたいと思って決めたので、後悔は何もないです。薫人を知って慌てて会いに来たのならば、責任を感じないでください」

叔父に頼りきりではあるが、必ず自立して薫人のためにもしっかりと親として頑張りたいと思っている。

これは大雅さんに再会しなくても、そう考えていたことだ。

「俺は美月に会いに来た。薫人のことも同じぐらい大切な存在だと思っている。何も気持ちはあの日から変わってないよ」

落ち着いた優しい声。嘘偽りなく、飾らない言葉で私に告げてくれている。

彼の言葉は嬉しいのに、不器用な私の心はこの二年間の日々を上手く消化できず言葉にできない。

再会を素直に喜べない私の感情をぶつけるのも違うと思ったけれど、薫人を思えば素直に彼を受け入れられない自分もいた。

「今は私、仕事と子育てが頭の中心で、あなたと恋愛云々は考えられる余裕がないのが正直な本音です」

自分の器の小ささが嫌になる。

堂々と私に会いに来たと言い、全て受け入れてしまいそうな彼の様子に戸惑いも隠せない。

「でも、薫人が両手を必死に伸ばしてあなたに抱き着いてるのを見たり、あの日と何一つ変わらず私なんかに優しいあなたは、素敵な人なんだなって思いました」

あなたの香りだけが私を苦しめているわけじゃない。

それに彼にとって、私の存在もきっと今は気がかりだろうし。

「……勝手に逃げた身ですが、もう一度あなたを理解したいなって思いました。都合がいいですか？」

二年の時間を一気に埋めて、私も会いたかったと彼に抱き着くのが嫌だった。

あの日、自分の中で終わらせたのに、相手が好きだからと言って簡単に受け入れるのはいかがなものかと思う。

屁理屈かもしれないけれど、頑なな自分が嫌だけど、どうしても今の本音を伝えたかった。

「不器用な君らしい答えだと思う。俺も言い訳はしないから、今から知ってもらう努力をしようかな」

「そんな感じで、いいですか？　不誠実でしょうか」

「うーん。俺は今すぐにでも薫人の父親を名乗らせてほしいけど、まずはお互いを知ることからやり直さなきゃだからね」

俺も焦らずに行くよ、と言われたので、私も何度も頷いた。

Side：櫻井大雅

　オーガニックアロマサロン『エマ』は、今は海外進出も果たしているが、最初は祖父の婚約者の横顔を見て始まった会社である。

　祖父が庭園で待ち合わせしていた婚約者が、花を見る横顔が美しかったことから、『エマ』の会社ロゴは乙女の横顔だ。祖母の若かりし頃の横顔。

　ただ祖母は肌が弱く、顔に広がるそばかすも化粧品で荒れてしまう肌もコンプレックスだったらしい。祖母のためにオーガニックアロマについて学び、今の会社が創立されたといっても過言でもない。

　祖父と祖母の初めてデートした公園は、高級住宅が建ち始めた頃に、売却されたそのままを買い取り、そこに別荘を建て、記念日には宿泊をするという習慣になっていた。

　祖父が亡くなり後を追うように祖母が亡くなってからは、俺が管理を任されていた。たまに公園と間違えて中に入ってくる人もいたらしいが、高級住宅街の中でいつしか忘れられた寂しい屋敷になってしまっていた。

親から好きにしていいと言われ、屋敷の中を整理していた。

その時に、俺は美月に出会ったんだ。

高級住宅街には雰囲気が浮いていたが、物腰や仕草はどこか品がいいと感じた。ペラペラのリクルートスーツを着て、肩を落としながら坂を上っていく。

その彼女がうちの屋敷の薔薇に気づいて、曇っていた顔を綻ばせる姿が綺麗だと思った。屋敷の窓から見下ろす時、彼女の横顔が、祖父が見とれた祖母の横顔と重なった。

「大雅、あなたと懇意にしたいという女性がいるのだけど」

両親から何度かお見合いや紹介を受けたことがあったが、その日もいつものことだと聞き流すはずだった。

「ああ。その手の話は今後結構です」

だが俺はどうやらもう決めていたようだ。

彼女の横顔に見とれたその日から、話しかけるタイミングをうかがう自分を自覚してしまったからだ。

今ならわかるが、リクルートスーツを着ていた美月が落ち込んでいたのは、就活中だったからだろう。話しかけようと屋敷から出ると、とっくに坂を上っていっていたのは、大好きな叔父に慰めてもらっていたからだろう。

偶々見つけた薔薇の花を慈しむように微笑む横顔の君と、俺は早く話してみたかったしどこか浮かれていたんだと思う。

あの大雨の日。

雨と同じぐらい暗く染まったスーツの美月を見つけて、ようやく触れることができた。いつも落ち込んでいる少女を、俺が癒やしてあげられればなんて思い上がっていた。

劣等感や不安、絶望で泣いていた美月を、俺が抱きしめることで少しでも助けられるならばと必死だった。

昇進を約束されたニューヨークへの転勤前に、ずっと話してみたいと思っていた彼女が目の前に現れたんだ。浮かれた俺は大きなミスをした。

彼女があの日、どれだけ傷つき、どれだけ胸を痛めていたのか。

どれほど誰かの優しさに救われようとしていたのか。

あの日は海外へしばらく仕事をするので、屋敷のメンテナンスや管理を従兄弟へお願いするために電話したのは覚えている。

ただ幼馴染のように過ごしてきた従兄弟へどのようなだらしない口調で喋っていたのか思い出せない。ニューヨークへ行く前に、好きな人と繋がれたことで舞い上がってふわふわとした態度だったのかもしれない。

仕事の引き継ぎや屋敷の管理で時間が取れず、ようやく勝ち取ったあの休息の時間に浮かれていたのだけは事実だ。

泣き疲れて眠っていた彼女が起きるとも思わず、失態だった。

逃げ出す彼女の、泣き出しそうなぐちゃぐちゃな顔は、二年間一度も忘れたことはなかった。

何も伝えていなかったよ。

俺は君の横顔を見た時から、悲しそうに歩くそのか細い背中を見た時から、花を慈しむその顔を見た時から、ずっと話してみたかったんだ。

俺の香りに驚き目を輝かせる姿、薔薇の花びらが雨で落ちている姿に胸を痛める姿、抱きしめた時に安心したように背中に恐る恐る伸ばした手。

全て愛おしいと感じた。この先もずっと俺はこの人が愛おしいと思うのだろう。けれど、日々、好きになっていくのだと感じたんだ。

だから、二年も会えないとは思わなかった。

両親に香水の調香師『ISHII NARIHIRA』と連絡を取りたいと言っても頑なに断られた。気難しくて繊細な人だから、信頼されている自分達が彼を守るからと言う。両親は『ISHII NARIHIRA』から世界で五十本しか作られていない香水を贈ってもらった仲なのに、俺には遠い存在だった。

その香水を作ったブランドの会社に電話しても、日本で隠居していることしか教えてもらえなかった。

彼女が、母親が『エマ』のオープニングスタッフだったと言っていたので、そこで同じオープニングスタッフだったスタッフに彼女の母親について尋ねると、連絡先を教えてくれた。創立記念パーティーへ招待することについて連絡した。いきなり彼女のことを聞けるわけもなく、その連絡のみにしたが、母に彼女の母親について尋ねると、懐かしくなったのだろう。母もお世話になったスタッフだからと連絡したらしい。

そこで、疲労しきった彼女の母親は、誰かに話を聞いてほしかったのだろう。娘さんが就職を辞退して妊娠中だということで、大喧嘩の末に子どもが出て行ったと話し出したらしい。

「竹田さんならお世話になったし、娘さんぐらいうちで面倒見るのに。もっと早く相談してくれたらいいのに」

母は呑気にそんなことを言っていたが、俺の内心はそれどころではなかった。

それからは両親に土下座する勢いで、『ISHII NARIHIRA』の電話番号を聞き出した。

両親が『ISHII NARIHIRA』に俺へ電話番号を教えていいか確認を取った時に、相手は静かな声で言ったそうだ。

「世間は狭いな。度胸だけは認めてやろう」

彼は自分に連絡をしてくる相手を待っていたんだ。

それが俺だとすぐにわかって、そう言ったんだ。

ただでは会わないと言われ、『エマ』の創立記念用の香水の企画を持っていった。

もちろん、彼女の腕はあの日に買っていた。会えるだけでも良かったんだ。

なだらかな坂を上り、近くて遠かった『ISHII NARIHIRA』の屋敷へ足を踏み入ることを許された。

俺によく似た子どもを抱きしめながら、戸惑う美月に再会した時の、あの胸の衝動は言葉では言い表せない。

遅くなった謝罪も、会いたかった真実も、消えていないこの気持ちも全て。小さな子どもを抱きしめて、俺への感情で揺れている彼女にぶつけてはいけないと呑み込まないといけなかったあの日。

美月は、俺を忘れて歩き出そうとしていた。

だけどまだやり直せる。冷たく拒絶されても諦めるつもりはなかったが、彼女は戸惑っているだけで拒絶はしていなかった。まだ俺の存在はあの二人に認めてもらえるのではないかと思えた。

『でも、薫人が両手を必死に伸ばしてあなたに抱き着いてるのを見たり、あの日と何一つ変わらず私なんかに優しいあなたは、素敵な人なんだなって思いました』

再会が全く怖くなかったわけじゃない。恐怖より君が一人で泣いていたり辛くないかという不安の方が強かった。一刻でも会いたいという気持ちが先だったんだ。

だから、こうやって一歩ずつ進んでいこうと、その片割れで俺にも歩み寄ろうとしている彼女の姿に心打たれた。

『勝手に逃げた身ですが、もう一度あなたを理解したいなって思いました。都合がいいですか?』

そうだ。俺も彼女のことはまだ知らないことがたくさんある。それにこの二年の彼女のことを何も知らない。

これから知っていこうと思う日に、君を傷つけて二年も会わなかったのだから。

もう一度、俺を知ろうと歩み寄ってくれた彼女に、俺も追いつけるだろうか。

ただ、これだけは必ず伝えないといけない。

薫人を産んでくれたことだけは、感謝してもしきれない。

自分の何もかもよりも生まれる命のことか考えてくれたことは、感謝してもしきれない。

あの日、俺と彼女は大きくすれ違った。けれどその中で俺と彼女の間に確かに繋がりがあった。あの日、確かに一時的でも気持ちは同じだった。

薫人が幸せそうに美月の腕の中で笑っているのを見て、あの日彼女を抱きしめたことだけは一生後悔はしない。

産むと選択してくれた彼女には、感謝しかない。

これから俺のことを知ってもらい、彼女のことをよく知ったら、スタートできるだろうか。

順番も間違え、遅過ぎたスタートだけれど、俺は絶対に諦めない。

四、公私混同は禁止

Side：竹田美月

いつもよりも朝日が眩しく感じた朝だった。

湿度で暑く感じたのに、今日はいきなり気温がぐっと下がっていた。

冬の訪れを感じるのに、視界がいつもよりはっきりしていて、そして少しだけすっきりしていた。

上手く伝えられたかわからないが、彼と話ができたから。

そしてこんな私に、彼はまだ愛情を持っていることも伝わってきて、胸が熱くなった。

私がもっと器用で、上手く立ち回れるような人間だったら、彼の気持ちをもっと受け止められていたのだろうか。

今の私には、まとまらない気持ちを伝えることだけで精いっぱいだった。

「おはよう、薫人」

まだ眠ったままの薫人を抱きかかえたまま、リビングへ向かった。

リビングから庭を覗くと、叔父さんが頭に寝癖をつけたままハーブに水をあげていた。

「おはようございます」

「おはよう。さっき、ソファから落ちて起きた」

「あーっ、ってことは食器もテーブルに置いたままでしょ」

お酒を飲んでそのまま寝落ちしたのが目に見えてわかる。

「頭が痛い」

「ソファで寝落ちだけはやめてって毎回言っているのに」

変な場所で寝てたり、ソファから落ちると、身体のあちこちが痛いと文句言い出すのに。

野菜スープ用に切って冷凍していた野菜を取り出しながら、二日酔いの叔父さん用の朝ご飯のメニューを考えて唸ってしまった。

「そういえば今日は『エマ』の倅《せがれ》の会社を見学だっけな」

「エマの……そうです。櫻井さんが副社長してる本社に」

注文している香料がまだ届かないし、見本のグラスボトルのデザインは本社から持ち出し禁止だと話していたので、お邪魔する予定ではある。

「急ぎの仕事もないし、俺の方の手伝いも今は必要ないから、時間をかけなさい」

「叔父さん」

寝癖ついてるし、結構高級なブランドのパジャマはお酒の染みができてるし、まだ眠たそうで気だるげにしてるけど、私と大雅さんのために時間を取ってくれているのを感じる。

再会のあの日、取り乱してしまった私を見たら、心配になるよね。

本当に申し訳ない。

「実際に仕事場所を見るのはいいことだ。勉強になると思うぞ」

「お言葉に甘えさせてもらいます」

「今日、もし届く予定だった材料などがあっても俺が対応しておくから」

「叔父さんが成長している……」

配達員とも会いたくないと玄関に段ボールの塔を作っても、自分からは取りに行かなかったのに。

高校時代から宅配の受け取りは私がお手伝いしていたのを覚えている。

「通販やオーダー香水のメール受信トレイだけは、時間ある時に確認しときなさい。

『エマ』の仕事と並行できる量かちゃんとスケジュール立てるんだよ」

「はーい」

そこは叔父よりも慎重だと思う。

叔父は逆に知り合いの注文は、気が乗ったら仕上げたり、納品直前にもっといい香りがあるかもと作り直したり自由奔放だ。

野菜スープと卵のサンドイッチを作ってリビングへ持っていく時には、髪もセットした、黒ベストのスーツ姿の叔父が英字新聞を読んでいた。

さっきまでのだらしないパジャマ姿からこの変わりよう。

見た目が渋くて色気がある叔父さんだけに、この公私の大きな変化は毎回驚く。

「俺が薫人を保育園に送るよ。『エマ』とは正反対だからね」

「あ……そうなんだ」

『エマ』本社の位置がはっきりしていなかったので、叔父の気遣いがありがたい。

「私のことはいいから、早く用意してきなさい」

「はいはい」

電車にだって乗るし、最低限の身だしなみは整えるに決まっている。

自室に行ってスーツをクローゼットから取り出す。

クローゼットの中は暗めの服ばかり。昨日の食事の時も、無難な黒いワンピースだった。

ただ洒落《しゃれ》っ気のないスーツ姿でも、大好きな香水だけはこだわろう。

彼はきっと私が調香した香水をするだろうから、私が身につける香りは、混ざり合っても不快にならないような主張の少ない香りにしよう。

ワンプッシュだけ香水を空目掛けて吹きかけたあと、その下を潜って香りをまとった。

鏡に向かって化粧をし始めた時に、携帯が小さく震えた。

『迎えに行くよ』

先日交換したまま何も送れなかったメッセージ。

これが子どもまでいる私達の初めてのメッセージというのは、なんだが変な感じ。

『お邪魔するのは此方《こちら》なので、大丈夫ですよ』

可愛げのないメッセージを送ったあと、新品同様のルージュを手に持って唸りそうになった。

普段使わない色をつけるのって張り切っているように思われそう。ただでさえ調香中はマスクしたり、保育園の送迎ぐらいしか外に出ない時はリップなんてつけないしなあ。

こんなことでさえ悩んでいると、再び携帯が鳴った。

『そう言うと思ったから、もう向かっている』

「えー……」

読まれちゃったことよりも、いつ到着するかわからない彼のことを思い慌てて準備する方が大変だった。

「行ってくるよー」

「はーい。薫人、いってらっしゃい」

ご飯を食べて再び眠たくなったのか、うとうとしている薫人の頬を撫でる。

叔父さんの車が遠ざかるのと同時に裏門の柵が、カシャンと小さく鳴る音がした。

「薫人にも会いたかったな」

残念そうに車の後ろ姿を見つめる彼に、申し訳ない気持ちになる。

でも薫人に会いたかったからと言って待ち合わせ時間より早く迎え来るのはやめてほしい。

「こちらも準備とかあるから、時間は指定してください」

「すまないな。急いで来てしまった」

『エマ』の本社ってうちの屋敷の隣なのかと驚いてしまう。

まるで今までずっと住んでいたかのような慣れた手つきで庭に入ると、叔父の育てているハーブを眺め始めた。

ハーブは放っておいても雑草のように育つので、手入れが大変なのだけれど、叔父と大雅さんが眺めるだけで絵になる。

「迎えに来なくても、エマ本社くらい電車で向かったのに」

「これは仕事だから。招待する側が迎えに来るのは当然だ」

仕事モードに切り替えた彼は、ピンと張りつめたピアノ線みたい。

姿勢のいいスーツ姿の彼の隣に並んだ。

「今日から俺のこともよく知ってね」

もちろん仕事のことだとわかっている。

わかっているけど含みを持たせた言葉は、どこか楽しそうに聞こえる。

今日も仕事で、彼と一緒。そう考えると少しだけ複雑で、少しだけ嬉しい気持ちがあるのが隠せるか、不安だった。

車に乗り込み、シートベルトを締めて正面を向こうとしたら、彼も私の方をまじまじと見ていた。

「今日はこの前と少し違った甘くていい匂いがするな」

「よくわかりましたね。薫人を迎えに行く時間にはラストノートが消えるぐらい薄くまとわせたのに」

「わかるよ。逆に月日が経って君の香りを忘れてしまうことが怖かったかな」

「私は、人が引くほどの匂いフェチなので、きっと大雅さんほどの理想的な香りは忘れなかったと思います」

「なにそれ。嬉しいかも」

仕事中に何を言ってるのかと焦ってしまったけど、ちらりと横目で見た彼は嬉しそうに微笑んでいる。

「最初に記憶から忘れていくのは声らしいね。香りはプルースト効果があるけど声を忘れる前に再会できて良かったよ」

理想の匂いを振りまきながら、なんてことを言ってくるんだ。

自分からやめてとは言えない。なぜか口がその言葉を吐こうとしなかった。

車の中のルームフレグランスも完璧、ＢＧＭも最近映画で流行ったお洒落な洋楽。

本当に、モテたくてやってるんじゃないかと疑いたくなるぐらい完璧だった。

そんな彼なので、数十分のドライブも全く苦痛に感じることはなかった。

彼の車が到着したのは、オーガニックアロマサロン『エマ』の本社。

ホテルと見間違うほど大きな建物を見上げ、目眩がした。

吹き抜けのエレベーター。有名建築士設計の建物と説明してくれたけど、一階に向かう先に噴水のある庭。ホテルのような受付カウンターやカフェ。オフィスの中のカフェはもう営業しているようで、珈琲豆の挽き立てのいい香りが漂っている。

「社長っ」

大雅さんを見つけた途端、眼鏡をかけた男性がこちらに早足で駆けつけてくる。

「社長!?」

大雅さん、副社長って名刺に書いていたよね。

「滝《たき》。誤解を招く言葉は慎んでくれ。俺はまだ社長じゃない」

「それは失礼。社長出勤だったのでつい、悪気はありません」

飄々《ひょうひょう》と悪びれもせずに、大雅さんと対等に話しているその人をちらりと見る。

すると、ぎろりと睨まれた。なんだ、この小娘は、と言わんばかりの冷たい視線に、大雅さんの後ろに隠れる。

真面目そうな、長身の綺麗な顔の男性だ。大雅さんが野性的で情熱的な顔なのに対して、この人は静かで表情が少し乏しい。

「お前、その態度はやめろ。見ていて気持ちがいいものではない」

「副社長、そちらは？」

「言ったろ。お前の尊敬しているISHII NARIHIRAの姪にあたる。今度の記念香水の調香を担当してくださる、竹田美月さんだ」

「初めまして。竹田と申します」

名刺を取り出そうとしたら、やんわりと手のひらを見せられ拒否された。

「結構です」

取り出そうとした手のまま固まっていたら、大雅さんが大げさにため息を吐く。

「子どもでもあるまいし、態度を慎め」

大雅さんは大きくため息を吐くと彼へ手を振って追い払うポーズを取った。

「お前の態度は失礼過ぎる。今日は下がって顔を出すな」

そして私を振り返って、申し訳ないと謝ってもらった。

「この臍曲がりは、滝怜也《れいや》。一応、従兄弟で俺の秘書を引き受けてくれている」

「秘書さん、ですか」

「あまり相手にしなくていい。ISHII に香水を作ってもらおうと世界中探し回って、日本にいるとは思わなかったらしく臍を曲げてるし……」

彼が言葉を濁す。

「悪いけど、僕はそんなに若くて実績のない彼女に、十周年の大事な企画を任せられるとは思っていないので。別の調香師に関する資料はよく見ておいてください」

「見るのは構わないが、この件は社長からも許可が下りている企画だと、もう一度言っておくぞ」

いきなり先制パンチを食らった気分だった。名刺を受け取らなかった理由は、私自身が未熟で実績がないせいだ。

頑張ります、と意気込みだけでも言おうとしたのに、私から顔をそむけて去っていくのを見て、胸が痛くなった。

「すまないな。いい大人が、クライアントの前であの態度。本当に恥ずかしい」

滝さんが去ったのを確認してから濁した言葉を続けた。

「あの日連絡してたのはあいつで、君と俺の関係に気づいている。真面目で頭が固く融通が利かないから、今は近づかない方がいい」

「そうなんですね」

どこまで知っているのかな。あの冷たい態度を見ると私が未熟なこと以外でも嫌悪してそうだ。薫人のことも知っているのかな。

「本当にすまないな。今日は会わせなければ良かった」

騒いでしまったので他の社員達に注目されないようにと、彼が誘導してくれた。どこへ行くかわからないが、そのまま彼の隣へついていく。

「いえ。当たり前の反応だと思うので」

「滝は、ISHIIの熱狂的なファンだから、姪であっても君が傍にいるのも気に入らなさそうだ。本当に彼にISHIIの家がバレないようにこっそり出かけなければいけないから大変なんだよ」

「そうだったんですね。……でも、私、頑張ります。初めて、叔父さんに全部任せてもらえた仕事なんで、いい加減な気持ちでは絶対しませんっ」

滝さんにもそう伝えたかったのに、とっくに消えていってしまった。

「ああ。もちろん。わかっている」

背中をポンッと叩かれて、胸が軽くなった。

人に敵意とか嫌悪感を向けられるのは落ち込むけれど、大雅さんの言葉は嘘ではないとなぜだか信じられた。

それに薫人に危害が加えられないならば私の評価なんてどうでもいい。

「今日は仕事を見てもらうために、サロンの案内するから。見てもらいたい資料もある。この企画というか、今は、俺と入れ替わるように父はニューヨーク支社。実質、権限は俺にある」

だから彼を社長だとからかったのか。からかうぐらいには気心が知れた仲なんだろう。

「……でも、滝さんって方がせっかく集めた資料、しっかり目を通していただいて構いませんから」

「ほお」

「弟子を取らない叔父さんが、唯一工房に入れた助手は私だけですからね。私だって、調香には自信があります。負けません」

「仕事に誇りを持っているところも悪くないな」

滝さんの言動に呆れていた様子だった大雅さんが微笑んだ。少しだけ気分を変えてくれたようだ。

「で、本日はどのような案内を」

「ああ、まずはうちのオーガニックアロマを試してもらおうかと。滝に用事があったから本社に寄ったんだが、まあいい」

「……エマのサロンを」

母がオープニングスタッフをしていたから知っているけれど、エマはオープン当初から女性に大人気のサロンだ。土日はもちろん、仕事終わりの時間帯は全く予約が取れず、ようやく取れた平日にわざわざ有休を使ってまで通う人もいるほどだ。

そして品質やサービスは極上なために、少々お値段が張る。

「私のせいで、受けられないお客様が出たりとかは」

「大丈夫。変なところを心配するな」

本店はすぐそこなんだ、と彼が平然と言って車に乗り込むが、私には夢のような展開で、仕事なのにテンションが上がってしまったのは言うまでもない。

オーガニックアロマサロン『エマ』は、本社から車で五分。大きな駅の道路を挟んで向かいの六階建てのアンティーク調の建物。結婚式場のような広い駐車場と白を基調にした清潔でシンプルな建物。入ってすぐの待合室は天使のステンドグラスで色鮮やかに光った床が美しくて、美術館に迷い込んだかと思った。

「副社長、大変お待たせいたしました」

待合室にカルテを持って足早に近づいてくる上品な女性が、私を見るとにっこりと営業スマイルで微笑んできた。

「こちら、都内の店舗のチーフ兼代表をしてくれているアロマセラピストの滝マリアさんだ」

「よろしくお願いいたします。代表アロマセラピストの滝です」

母と同じぐらいの年齢なのかなと思うのだけれど、艶々で美しい肌や雰囲気が若くて圧倒されてしまうような存在感の女性だ。

「竹田美月と申します。修行中の調香師です。こちら、うちの天然素材のみで作った香水です。参考までに、使っていただければと」

滝さんの時は取り出すこともできなかった香水を渡すと、気持ちよく受け取っていただけた。

「あの、滝さんってさっきの秘書の……」

「そうだ。滝の母親でうちのサロンをこの十年支えてくれているとても信頼できる女性で、俺の叔母にあたる」

「そうなんですね」

「そして、不在中のうちの家の管理までしてくれていたのが、彼女と先ほどの秘書の滝」

「そうなんですね。また薔薇を見に行きた――」

言いかけて慌てて呑み込んだ。滝さんは不思議そうな顔をしているし、大雅さんは声を殺して笑っていたので、私も真っ赤になりながら笑って誤魔化した。

なんで香水の企画を担当するだけの私が彼の管理している屋敷の薔薇のことを知ってるのか、恐ろしくて言えない。

「施術の準備ができております」

「……え、本当にいいんですか？」

「うちの社をよく知っていただくためです。さ、どうぞ」

半ば強引に案内される私に、大雅さんは口に手を当ててくっと笑っている。

「ちょ、櫻井さん⁉」

「午後からは美月さんのために体を空けたいから、午前中は仕事を片付けてくるよ」

「なっ」

仕事中の丁寧な口調に戻り、私の戸惑いは軽やかに流されてしまう。

「――もちろん、これもうちの会社を知ってもらうための大事な仕事の一つだから、ちゃんとしてくれるね」

「仕事なら、します。仕事なら、ね」

ただこれは公私混同していると反論したかったけど、ここは彼の陣地。敵だらけの場所で騒ぐほど私は馬鹿ではない。そして彼はうちの会社の大きな取引先。海外の香料を輸入できる収入源。そう思って言葉を呑み込むことにしようと思う。

「お綺麗になられましたね」

マリアさんに言われ、思わず立ち止まってしまう。

先ほど大雅さんに、『エマ』代表アロマセラピストで、滝さんの母親だと紹介された時が初対面だと思っていたので狼狽えてしまう。こんな綺麗な女性は、一度見たら忘れないはずなのに。

「え、私ですか？」

「はい。竹田さんからの年賀状で何度か見たことあるんです。ふふ」

二階に上がるエレベーターに乗り込みながら、車に戻っていく大雅さんを見送ったのち、そんな不思議な言葉を言われた。

「竹田さんは、優秀なスタッフでしたから。あなたが成人したあと、引退してしまったのがとても惜しまれます」

「母をご存知だったんですね。すみません、ご挨拶が遅れまして。母が大変お世話になりました」

名刺を渡すと、快く受け取っていただいて安堵した。マリアさんと先ほどの滝さんが全く似ていなくて焦るほどだ。

「竹田さんね。先日も軽く施術しに来てたのよ」

「そう、なんですね」

母とは薫人が生まれた時に叔父経由で写真を送ってもらったのみ。

お正月も帰らなかったし、産院も伝えなかった。

あの時は反対しかされていなかったから、悪阻や就活で大変な時に心を守るために会うのを避けていた。

「母は元気でしたか？　忙しくてなかなか会えなくて」

当たり障りのない言葉で誤魔化したけれど、心臓が跳ね上がりそうだった。

「そうですね。竹田さんはハキハキしたしっかりした人だけど、ちょっと元気がなかったかもしれないです。お仕事落ち着いたら連絡してあげてね」

「そうですね」

母に就職を辞退した上に妊娠していることを伝えた時、大きなため息と共に「あんな人に懐くから」とか「どうするつもりなの。簡単に考えないでね」と薫人を諦めるように説教されているように感じた。

もう少し自分に自信がつけたら両親とも話し合いたいけれど、薫人を拒絶されたり歓迎されないのが一番つらいから、会いに行く勇気は持てない。

向こうから一切連絡がないのも、見放されている気もしてる。

「さあ、こちらにお座りください」

気を取り直して案内された二階の大きなサロンを見て固まった。

入ってすぐの受付にはシャンデリアが輝き、暖炉とソファが置かれた奥にはお洒落に飾られた棚。

そこから漂うのはアプリコットのアロマ。

ティーサロンのような広々としたテーブル席もあり、すでに飲み物を注文したお客や、香りを試している人、今日のエステのメニューについてアロマセラピストと話し合っている人もいる。

「向こうの棚に十周年の香水も置こうと思っているの。香水は初めてだからとても楽しみにしていますの」

奥に、アロマオイルなどの、お手入れ用品が並べられている。アロマオイルのボトルは、それぞれの香りをイメージした透明の色付きガラスになっており、カラフルなボトルが並べてあるのを見るだけで胸が高鳴る。ボトルの正面には、麦わら帽子の女性の横顔シルエットマークがプリントされていて、洗練された印象だ。

「今日は天気が良くて湿度もないから爽やかなアプリコットですが、毎日店内のアロマは変えているの。オーガニックが売りですが最近はハーブも勉強しているんです。ハーブティーとアプリコットケーキはいかが？　私の一推しの組み合わせよ」

「あ、お、おまかせします」

仕事中に自分の好みを優先するよりも、お店が一番だと誇るものを試してみたいと純粋に思った。

「ここの棚に並べるなら、ボトルもこだわりたいし中身にも妥協したくないからね。あなたの腕を期待しているの。——もちろんそのためにも今日は満足していただくわね」

「は、はい」

そんなに間を置かず、ハーブティーとアプリコットケーキが運ばれてくる。ケーキはアプリコットがゴロゴロ入っていて、スポンジはふわふわで軽く、添えられていた生クリームもそんなに甘くなくてぺろりと平らげてしまった。

が、ハーブティーはどうも私にはいまいち合わない。スパイシーで鼻を突くようなきつめの匂いに顔をしかめてしまう。

「こちらはブレンドハーブティーですか？」

「そうなの。苦手だったかしら。シングルハーブティーもありますよ」

ブレンドハーブティーは、七十種類ものハーブの中から目的作用に分けてブレンドしているらしい。

「バードッグとクローブの香りとスパイシーな風味がちょっと苦手みたいです。ギムネマとかカルダモンも入ってますよね」

「なるほど、スパイシーで苦みのあるハーブティーは駄目なのね。これ、香ばしくて結構人気のメニューなんですよ」

そう言いつつすぐにシングルハーブティーに変えてくれた。ベターなローズヒップだ。

「一口飲んだだけでよく成分がわかったわね」

「いえ、香りです。仕事場にハーブを植えてるんです。ローズマリーとかカモミールとか。虫が好む香料を使うこともあるから、香料の保存は徹底しているんですが念のために虫が寄ってこないように植えたみたいなんです」

「なるほどね。あなたの嗅覚には驚いたけど、環境もそれを育ててくれてるのね」

生意気かなって思ったのに、マリアさんが笑ってくれたので安心した。

「店長、一番奥の部屋で準備が整っております」

「ありがとう。全身コースなので保湿の方の補助を頼みますね」

全身。……全身!?

嬉しいような、恥ずかしいような複雑な気分だ。

仕事中なのにこんなに贅沢でいいのだろうか。

「奥の個室に案内しますね」

長い廊下を案内されて、ステンドグラスで廊下が光の海になっている中を歩く。

当たり前だけれど完全個室で、一つ一つドアに飾られた小さな絵画がお洒落で、廊下に漂うアロマの匂いも美しくて、この世界なら閉じ込められてもいいと思ってしまった。

「わ、わわっ」

全身の力が抜けていくような気持ちのいいマッサージを受けながら、心をほぐすアプリコットのアロマの香りで工房にこもりきりの硬くて不健康な体が、アロマオイルによってほぐされていった。

これは油断すると眠ってしまいそうな心地よさだ。

何度も眠りそうになりながら、しっかりと全身堪能してしまった。

施術が終わってバスローブ姿でハーブティーを飲みながら、そんな感想しか浮かばない。

全身マッサージも、ＢＧＭもアロマの香りも文句なしで良かった。

身体が蕩けるかと思った。半分は眠っていたけれど、それでも隅々まで艶々にされて幸せだ。

「これから一時間は食事しない方がいいかもしれません。運動の後やエステ後は吸収力がいいので今食べればいつも以上に体に蓄えられますからね」

「そうなんですね」

「それと、あなた、お肌の保湿の状態が良くなかったわ。化粧したまま、寝たりしてる？」

昨日、お酒を飲んでそのまま化粧をして寝ていたので、ドンピシャな指摘に笑うしかなかった。

一時間はご飯が食べられないのか。大雅さんが迎えに来たら、ちょうどランチの時間。私に気にしないで食べてと言っても、あの人、絶対に食べなさそうだ。

「あと、こちら、櫻井副社長からお召し物が」

「櫻井さんから?」

「これから仕事で外に連れ出すので、この服がいいとのことです」

仕事用のスーツかな、と思ったら黒のシンプルなワンピースだった。

ヒールの低いパンプスや鞄まで準備されていた。

「せっかくなので髪型もお洒落にしましょう」

「え、でも……」

「お仕事ですよ。うちの社の一番のサービスを受けていただきます」

拒否権なんてなく、私はオーガニックアロマサロン『エマ』を知るために最高のおもてなしを受けたわけだ。

用意されたワンピースはシンプルだが生地にハリがあり、シルエットが綺麗で洗練されたものだということが一目でわかった。こんな素敵なワンピースをチョイスするなんて、女性のことを熟知している。さすが、見つめられただけで妊娠してしまいそうなフェロモンの男だ。

サイズぴったりの服もそうだけど、なんだか彼の手の上で転がされる気分になって複雑だ。

「さ、できましたよ。爪は磨いただけですので、ネイルはもう少し時間がある時にぜひ」

「……あ、ありがとうございました」

裾がアンティーク調のレースになっている黒のワンピースに、踵にクリスタルのチェーンがついているパンプス。

歩くたびにレースが揺れ、チェーンが揺れて光り輝く。首元のブランドのタグを見て魂が抜けそうになった。このブランドって私のボーナスでも簡単に買えない高級ブランドだ。目の前がくらくらする。

そして巻いて下ろした髪は、歩くたびにふわりとアプリコットの香りを放つ。

まるで自分がお姫様になったような気分になった。

鏡の前に立ってくるくると全身を何度も見てしまう。

「竹田様、先ほどから社長が駐車場でお待ちです」

「ええ、それ早く言ってくださいよ！」

マリアさんはとても満足そうに微笑んで、駐車場へ案内してくれていた。

「竹田様に弊社のサービスを堪能してほしいとのことでして、社長が施術が終わるまで待っていることは言わなくていいと仰っていまして」

「そうだったんですね。本当に何から何までありがとうございます。アロマの香りも強過ぎず気持ち悪くなることもなくて、スパイシーなハーブティーは苦手だったけどサロン全体の雰囲気も、接客も、施術ももちろん、本当に素敵でした！」

語彙力のなさが泣けてくるけれど、マリアさんはにこりと笑ってくれた。

「素直な、嘘のつけない誠実な方ですね、あなたは」

「いえ、そんな、滅相もないです」

「私の息子も、嘘のつけない融通の利かない、人の話を聞かない、頭の固い子なんですけど、あなたとは全然違います」

途中から悪口になりそうになって、マリアさんが口を押さえて笑っている。

「香水、とても楽しみにしていますね」

オープン時からのスタッフさんで、都内本店の店長に言われるとプレッシャーだ。

ハードルが上がってしまう。

「頑張ります。息子さんに叔父さんじゃなく私の香水がいいと、思ってもらいます。っと、急がないと！」

「またのご来店を」

深々とお辞儀されたので、私も同じぐらい深くお辞儀した。

マリアさんみたいに上品で落ち着きのある女性に、いつかなれたらいいな、と仄《ほの》かな憧れを胸に抱いて急いでエレベーターに乗り込み、駐車場に向かう。

大雅さんの車は端に停まっていたので急いで駆け寄った。

けれど車は空っぽで、大通りの向こう側の駅の喫煙所で煙草を吸っているのが見えた。暑かったのか上着を脱いで、ダブルブレスト仕様のベストになっている。

私に気づいた彼が、まだ吸い途中だった煙草を灰皿に押し付けて、目元を細め微笑んだ。そしてタイミング良く信号が青になって、私の方へ戻ってくる。

「うん。似合ってる」

「これ、困ります。こんな素敵な服、あとで料金をお渡ししますので」

「いい。美月に似合うと思って選んだ服だから。さて、しばらくドライブしよう」

「……でも」

「昨日と同じ服を着たままにさせてしまうのは、俺の気が引けたんだ。それに、次に向かう場所では少しお洒落してほしかったし」

「次に向かう場所？」

大雅さんの顔が、微笑んでいる。

「うちが出資してるハーブ園」

「へえ。なんでも手掛けてるんですね」

「そこで、ハーブの香水も販売したいって言うから、この企画が終わったらその仕事も頼もうと思って」

「私に、ですか」

やったーっと踊り出したいぐらい嬉しいが、ガッツポーズだけで誤魔化しておいた。

「滝を黙らせるぐらい、完璧なのを作るんだろう」

「もちろんです。実はハーブ系の香料って、どちらかというと苦手って言うか個性的な匂いが多いからブレンドが難しいんですよね。やりがいがあります」

今日、ハーブティーを飲んで気づいた。甘めのトップノートが好きな私は、スパイシーだったり薬味の匂いが強いと逃げてしまう。

「だから勉強できるいい機会です。そのスパイシーな匂いが好きな人向けはもちろん、私みたいに苦手な人にも優しい香りを作ってみたいです。ローズマリーとかカモミールは大丈夫だし」

「難しいからやりがいがある、か。本当に面白いな」

巻いてもらった髪が、風にさらわれて彼の元へ飛んでいく。

その髪を、優しく指先に絡めると唇まで持っていき口づけた。

そして彼の唇が、動く。

——今すぐキスしてさらってしまいたい。

その言葉に、身体が熱くなる。一度だけ抱いたら満足して去っていきそうな、手慣れた言葉だ。

全身をサロンで綺麗にし、服を用意して、自分好みに作り上げて、お姫様に仕立て上げる。そうすれば、簡単に女というものは騙される。

なぜなら目の前に、王子と勘違いしてしまいそうな男がいるからだ。


「その顔は、俺の唇の動きがわかったってことか」

私の睨みを、嬉しそうに受け取って上機嫌だ。

「それはドライブして食事してあなたの仕事を理解してから、です」

「もちろんデートじゃなくて、お仕事ですよ。美月」

「わ、わかってるですけど」

わかってるです、という日本語を初めて使う程度には焦っている。

この男は、私をどれだけ振り回したら、満足するんだろう。

「仕事中は、もう手は出さないでください。口説くような言葉も禁止！」

「仕事中は、ね。了解」

意味深に言葉を捉えた彼が、上機嫌で頷く。でも私もそれ以上は墓穴を掘らないように、何も言わなかった。

会話が途切れたのでサロンを出る時にマリアさんに貰った、『エマ』のパンフレットを見る。私の今日体験した全身マッサージコース。お値段を見て驚いた。確かに体は蕩けるようにほぐれたし、肌は艶々だし大満足だけど、しがない調香師には身分不相応なコースだった。

『エマ』という創立者の愛する恋人がシンボルになったエステサロンかぁ。深く帽子をかぶった真っ赤なリップの女性。女性が追い求める理想の女性を象徴しているらしい。確かに、モダンでエレガントなこの女性は、エマのイメージにぴったりだ。

そのエマの十周年記念オーガニック香水。実際にエステを受けてわかったけど、マリアさん達セラピストは隙のない洗練されている美しい仕事だった。

「……私が引き受けた仕事ってやりがいはありますが、プレッシャーをじわじわ感じてきました」

「プレッシャーなのは、俺も同じだ」

「大雅さんが？」

「当たり前だ。うちのグループはもともと、全国に散らばっているホテル経営が主だ。祖母の肌が弱いから手を出したアロマサロンだったが、ホテルのサービスをより向上させたいと、ホテル内のサロンも立ち上げてまだ十年。海外からよりいい技術を取り入れたくて、海外にも支店を出した。これから先は俺の判断一つで、軌道に乗っている経営がどうなるかわからない。プレッシャーにならないわけない」

「……でも、それならなおさら、滝さんの考えの方が」

叔父の香水の方が『エマ』にとってはとてもいい宣伝効果にもなる。

「香水は、美月がいい。俺は美月の実力を評価してる。こっちは全然不安じゃないよ。ただ、海外から戻ったら、支えてくれるパートナーが欲しいなって思っていたけどな」

「騙された」

大雅さんの本音とか弱い部分が垣間見えるかと期待したのに、結局口説く前振りだった。そっちに話を持っていきたいだけじゃない。

それ以上は警戒して、何も話を聞かないようにして、エマのサロンの感想を一方的に私が語るだけにしておいた。

車は海沿いを少しドライブして、連れて来られたのは本当にハーブ園だった。

周囲は高い塀に覆われており、中を見ることはできない。煉瓦造りの塀には蔦が絡んでいる。

外からは、ラプンツェルの童話に出てきそうな高い塔とガラス張りの温室が見えるくらいだ。

そんなロマンチックな外観とは裏腹に、駐車場には大型バスが何台も停められており、遠足の小学生で中は大にぎわいのようだった。

私と言えば、仕事とは言い難い用意されたワンピースだけ。ハーブ園を歩くとしてもこの格好では歩きにくいし、仕事にしてはふざけた格好な気がする。

「あの、ハーブ園をこの格好で歩くのは……」

「ああ、ハーブ園の見学ではなくて、カフェの方。カフェの隣に、ハーブのエッセンシャルオイルや石鹸、エマでも使っているシャンプーなんかを販売してるんだ。こっちはカップルや女性向けかな。ハーブ園の出口のお土産屋にも置いてはあるけど、向こうは子どもや家族向け」

「なるほど。ハーブの香水を置くのは、こちらの女性向けスペースなんですね」

「ただ肌が弱い子ども向けにオーガニック天然素材の商品とかももっと欲しいんだけど、ね」

「そちらも、私でいいならぜひやらせていただきたいです」

「頼もしい仕事のパートナーだな」

くしゃくしゃの笑顔に、一瞬ほだされそうになった。

完全に仕事モードだったのに、スイッチを勝手に押されてしまう。

「エステ後は、一時間は食事しない方がいいって言われたろ。ドライブで一時間は走ったし、カフェで軽く食べないか。ハーブをたっぷり使ったパスタとカレーが美味しいよ」

「わあ、ぜひ」

案内されたカフェは、煉瓦造りの温かい雰囲気のレストラン。キッチンの石窯から、トマトとチーズの焼けるいい匂いがする。すでに女性客で店内の席は埋まっていたけれど、外のテラス席を急遽開放してもらって、そこに貸し切りのように二人で座った。

「副社長、いつ日本に戻ってきたんですか」

ハーブティーを運んできたのは、まさに大和撫子《やまとなでしこ》という雰囲気の黒髪の美しい女の子。鼻にそばかすがあって、落ちそうなほど大きな瞳とふっくらした唇が可愛らしい。お化粧はしていないのか、どこか幼さが残る。

「二、三か月前だ。バタバタ忙しくてまだ荷解きが全く終わっていない」

「えー、私で良ければ手伝いますよ。また両親とご一緒に食事でも」

にこっと笑ったあと、私を訝しげに見て、メニュー表を渡してきた。

今日は、滝さんといいこの子といい、大雅さんの隣に不釣り合いだと言われているような態度ばかりで、少しメンタルが凹《へこ》みそうだ。

「彼女は、『エマ』に通うゲストだよ。肌が弱くて、人工香料やオイルで肌が荒れるらしくて、うちに小学生の時からケアに通っているんだ」

「そうなんですね。私、調香師をしております。竹田と申します。今日は、ここのハーブを勉強しに来ました」

「あ、なーんだ。お仕事の人なんですね。デートで来たのかと思いました。蒸留工房でハーブ系の商品を作ってますよ。ランチ召し上がった後にぜひ」

急に彼女が年相応の子どもっぽい喋り方に戻って驚いた。この近くの大学に通うまだ二十歳で化粧っ気もない女の子。けど、さっきの対応ってつまり、大雅さんが好きなんだよね。

ちらりと大雅さんを見るが、彼は知ってか知らずか澄ました様子で脱力してしまう。

彼女おすすめのランチを頼むと、ハーブとトマトの冷製パスタ、トマトスープ、お土産にカモミールとローズマリーのクッキーが出てきて、味も香りも大満足だった。

なるほど。このカフェならこの服装はそこまで浮いたりしない。

私としても悪くない時間だった。

「まだ時間を貰えるなら、工房でハーブの商品を作る体験ができるらしいんだが、作っていかないか」

「もちろんです」

「じゃあ、煙草のついでに、工房に話を通してくる」

「よろしくお願いします」

煙草をポケットから取り出しながら歩き出す大雅さんを視線で少し追いかけたあと、デザートに来たハイビスカスのシャーベットを口に放り込んだ。甘過ぎない、さっぱりした味で美味しい。

シャーベットを食べ終わるくらいに、先ほどの女の子がやってきた。

「ねえ、竹田さんって香水作る人なんですよねー」

人懐っこい子のようで、私も彼女のエンジ色のエプロンの胸に書かれた名前を見る。

「陽菜《はるな》」と書いてある。

「そうです。オーダー香水なんかを作っていますよ」

「えー。じゃあ、ここのハーブでお化粧品とか作れます？　私、肌が弱いせいで市販のコスメ、ほぼ肌が荒れるんです。お化粧、したいんだけどな」

「私は調香専門で……、化粧品はエマの方が専門ですね。エマでできないか大雅さんに聞いてみますね」

「わーありがとうございます。でも副社長、ますます忙しくなっちゃうかな。忙しそうなら伝えなくていいんで」

「あ、陽菜さん」

私の返事を待たずに、店内に戻ると空いたテーブルの食器を片付け出した。

素直で、まっすぐで、とても可愛らしい女の子だった。

でも彼女みたいに肌が弱かったり、アレルギー体質だったりする人は、ハーブや天然エッセンシャルオイルは重宝するってことだよね。

オーガニックアロマのエステを受けて、私は肌が潤って満足したけど、彼女にとっては潤いだけじゃ足りないんだよね。肌質を改善するという意味では〝治療〟に近いのかもしれない。

「美月、食べ終わったらいつでも来ていいと」

「本当ですか。実はもう食べ終わってるんです。何を作るんですか」

「バスボールらしい」

戻ってきた大雅さんから煙草の香りがして、ハーブのスパイシーな香料と合わさると、クールでスタイリッシュな香水にできそうだと色々アイデアが浮かんでくる。今、とても楽しかった。

向かった先は、隣にある小さな工房。裏に本当の工房があるらしく、こちらはお客さんが体験するための工房で料理教室みたいな、茶色く渋い木のテーブルが並んでいてキッチンみたいにまな板と道具が並んでいる。テーブルは二人で座ると、密着しそうな距離でちょっと落ち着かない。

平日のお昼過ぎなのに、何組かカップルがいて、私達は仕事なのになぜか交ざっても違和感がない。

手作り工房の先生は、上品なご年配の女性だった。作り方を書いたホワイトボードを前に置いて、実際に作ってくれた。

「今から作るのはバスボールです」

重曹、クエン酸。片栗粉、そして好きなエッセンシャルオイル。香水を持っているなら、数滴入れてもいいらしい。マドレーヌ型やハート型の中に入れて型を取って冷蔵庫で冷やして一時間ほどでできるそうだ。

「エッセンシャルオイルは当ハーブ園のハーブを使います。今日は、ローズマリー、レモングラス、ジャスミン、ローズ、ダンデライオンの五種類から選べます」

「わあ、五種類、悩みますね。全部使ったら香りが台無しですよね」

「……美月なら全部嗅ぎ分けそうだがな」

フッと笑われた。絶対に子どもっぽいって思われたに違いない。

「大雅さんは、ローズですよねえ」

「なんでそう思うんだ」

「だって初めて会った日、とても似合っていましたよ」

叔父さんのあの香水を自分のものにできるなんて、生まれながらの体の香りも生活で染み付いた香りも素敵な人だ。

「確かに、……あの日、踏まれた薔薇が美月に惹かれた俺の中で決定打になったな。ああ、本当に素敵な女性だと」

一瞬だけ言葉を詰まらせたので顔を見るが、平然とした澄ました顔だったので感情までは読めなかった。

そして配られた造花。これを中に混ぜれば、バスボールがお湯に溶けたあと、花弁が湯船に浮かんでくる。

型枠に入れたバスボールの上に載せる形で入れ込むようだった。

真剣な顔でたんぽぽの造花を見つめる彼は少し面白かった。

「たんぽぽの造花ってちょっと可愛いですね。成分的にも赤ちゃんに大丈夫そうだから、薫人と一緒にお風呂で楽しめそう」

私が選んだダンデライオンの造花を持つ、彼の長い指を見ながら、ついそう言ってしまう。

可愛いから見つめてるのかなと思って言ったのに、彼は難しい顔をしている。

「好きな香りの中から造花が出てくるのは、嬉しいか？」

「綺麗なら、女性は嬉しいんじゃないですか？」

「俺は、この二年間、たまに美月に似た香りに出会うとあの日を思い出して苦しくなった」

日常の中、ふとあなたの香りであの日の雨より激しかった情事を思い出すとは言えず、頬が熱くなる。

「偽物を一番上に乗せて上書きするのも俺は嫌だな。——過去に囚われ過ぎてるか」

そう言った彼は、造花のたんぽぽの花びらを毟《むし》って上に振りかけた。

そんなにたくさんの花びらを重ねたら、一枚一枚の形がわからず何の花びらかわからないし、まるで記憶を埋めるような乱雑なやり方だ。

「……仕事の話ですよね？　バスボールの中に入れる花の話」

仕事中だということを思い出させようとしたが、彼は私をまっすぐ見た。

「そうだな。バスボールの中の話だ」

「仕事中ですもんね」

そう言いつつも重曹の中に、数滴でいいエッセンシャルオイルを、何度も何度も垂らしてしまった。

このバスボールは誰かにあげよう。

こんなに強い香りは薫人にはまだ刺激が強いかもしれない。

「良ければ、これ貰ってくれます？」

ハート形の入浴剤。そうだ。家に帰っても彼の匂いがしたら私はきっと耐えられないに違いない。だから、これでいい。

「気が合うな。俺も二人に作ってたんだ」

「え、このダンデライオン？」

その割には適当過ぎると、内心思っていたことを表情に出していたのであろう。

彼はくしゃくしゃな顔をして笑った。

「いや、さっき煙草を吸った後に、こっそり先に作っておいたのがある」

「……なにそれ、ずるい」

つまりここのことは下調べばっちりだったってことか。

仕事だと言いつつ、これは最初からずっと公私混合している気がする。

だから無理やり、そこで話を終わらせた。

「仕事中ですので、これ以上の脱線はいたしません！」

まさかハーブのバスボール教室中に口説かれるとは思わなかった。

彼は私を、記憶の中のあの日の私を見ている。

まるであの日の思い出を大切にしていたように見えて、信じられないぐらい動揺してしまう。

顔もいい、地位もある、強引だけど口説くのも上手そう。

そんな人が私にそこまで執着する意味がわからなかった。

「櫻井副社長」

アロマの先生が、私達のテーブルへ来るとそう呼んだ。

「バスボールが固まるまで一時間ぐらいかかりますが、ハーブ園を見て回りますか？」

「いや。うちの秘書が依頼していた通りだ。仕事の相談で、時間を貰いたい」

さっきまで私を口説いていた大雅さんは、スッと仕事モードに入ると指示をし出した。

そのギャップはちょっと反則だ。

「なるほど。香水の商品化の件ですね。では工房に戻って、エッセンシャルオイルを取ってきますね。ここでお話いたしましょう」

嬉しそうに先生は消えていくと、彼も機嫌が良くなった。

「外国からエッセンシャルオイルを輸入しないで済むなら、ボトルに予算をたくさん回せますね」

「ああ、香水のボトルもこだわりたい」

話していると、エッセンシャルオイルのボトルがたくさん入ったカゴを持った先生が帰ってきた。それに気づいた大雅さんは、すぐに立ち上がってそれを持った。流れるようなエスコートに、先生も笑っている。

「そうそう。副社長が注文されていたものもできております。……香りの注文が、まるでベテランの先生みたいでしたのよ、ふふ」

「それ以上はいい。注文したものを早く」

「かしこまりました」

からかわれて不機嫌そうな大雅さんはテーブルに肘をついて口元を隠す。

私に何か隠し事をしたいのか、そのポーズはバレバレだった。

「仕事中の櫻井さんは格好いいですね」

「そう思うなら、それは君のおかげだ」

「私？」

なぜ私？

首を傾げると、彼は諦めたような深いため息を吐く。

「プレッシャーに勝てたのは、あの雨の日のおかげだってことだ」

「副社長、エッセンシャルオイルですが、これ以上の量が必要ならば後日郵送になりますが、どういたしします？」

「――ああ、頼む。で、先ほどのは」

「ふふふ。できてますよ」

反応しないように努めてるのか、彼はさっさと小さな箱を受け取ると手に持ったまま、また簡単に仕事の話に戻ってしまった。

工房の先生は、こちらで売れる商品の傾向や欲しい商品の案をまとめたら、大雅さんに一度送る、と仰ってくださった。

今は記念アロマ香水が優先になるけれど、この企画も早く作りたくて楽しみだ。

「では失礼する」

私も何度も頭を下げて車へ向かう。

するとカフェから無邪気に手を振る陽菜さんも見えた。

なんだか雰囲気が独特で存在感がある不思議な子だった。

「今日はとても勉強になりました。櫻井さんの仕事場は全員尊敬できます」

「それは良かった」

綺麗な横顔だなと見とれていると、彼と目が合ってしまった。

シートベルトを締めるように目で促され急いで締める。

「全員自信に溢れているというか、一流のオーラがありました」

私が目指したい領域だった。自分に自信があるからこそのあの落ち着いた様子。マリアさんなんて理想どころか手が届きそうにない。

「俺は確かに努力を怠らなかったから自信はあったが、一度だけ弱気になったことはある」

驚いた私と、車が発車するのはほぼ同時だった。

彼を見つめる私に、彼は笑わなかった。代わりに真剣な顔で、私を見つめ返す。

「美月と出会った頃。大学を出て会社に入社して仕事に慣れてきて数年くらいの頃……」

何かを思い出すように彼は目を閉じた。

「海外へ店を出すから、日本は俺に任せると両親に言われた時。不覚にもプレッシャーがな。さすがに二十七歳で会社を背負うと言うのは、責任が重くて弱気になった」

「大雅さんでもそんな風に感じるんですね」

「甘えたいわけじゃなくて、本当の自分を見せられる相手がいなくて虚勢を張っているように思えてさ。そこで『エマ』の横顔のように魅せられる君と出会ったってこと」

さっきと同じパターンだ。ただ口説くための嘘だ。

薔薇の香りがして、気が付くと彼と初めて出会った屋敷の前までやってきてしまっていた。

車から降りて門を潜ると花の香りに包まれる。

ああ、本当に素敵。先日は気が付かなかったけれど、薔薇の香りも二年前と何も変わらない。

「訂正するか。四六時中君と薫人のことを考えてしまう。こんなに考えるならばもういっそ一緒に住んでくれたらなんて思ってしまうんだよ」

「あ、あー、ああそうですね」

「一緒に暮らそうか」

「そ……っ」

簡単な話ではないのに、デートに誘うみたいに簡単に言われ狼狽えてしまった。

「まあ、君に逃げられた男が何をほざくかと、流していてもかまわない。今はな」

達観したように唇だけ笑って、胸の内ポケットから包んでもらったバスボールを取り出した。

簡単に言うくせに視線から感じる熱は嘘じゃないように感じた。

「美月」

だからだろうか。引き寄せられても抵抗なんてできない。あっという間に胸に顔を埋めて、彼の香りを大きく吸い込んでしまった。

引き寄せられたのは私の方なのに、彼がいつの間にか縋るように私の首元に顔を埋めていた。

「香りに溺れているのは、俺の方なのかもしれない」

私の方が、今日一日、あなたの香りに踊らされてばかりだ。

「し、仕事中にする話じゃないかもしれません」

「俺は雨の中、傷ついた顔で去っていく美月が忘れられなかった。あの日、落ちた薔薇の花びらを悼む美月を幸せにしたかったのかもしれない」

なんで私は金縛りにあったかのように、動けないで彼の胸の中のままなんだろう。心臓がドキドキして熱い。彼の言葉を聞くと、なんだか放っておけないって気持ちになる。私を求めてくる彼の気持ちが、嘘じゃないんだと気づかされる。

「……そろそろ薫人をお迎えに行かなくちゃいけないので」

このままお互いの体温を繋げていたら、変な気持ちになってしまう。おかしくなる。そう思って急いで離れた。彼の香りに包まれると、難しい話や悩み全て忘れて抱きしめ返してしまいそう。

そんなの二年前から何も成長していないことになる。

流される自分が嫌で、逃げてしまった。

彼は私の手を掴んでいた指先を眺めて、そしてぐっと閉じて握りこぶしにすると、力なく下げた。

「ああ、送っていこう」

絶対に引き留められると思っていたので一瞬、緊張が和らいだ。

彼は強気な自信に溢れた笑顔ではなく、寂しそうな微笑を浮かべて私を見る。

「早急に一緒に住みたいと思っているのは本当なんだが、急かす気持ちをぶつけるのも違うからね」

「す、みません」

「謝らなくていいよ。送ろうか。一緒にお迎えに行こうか」

「あ……お迎えは念のために一度叔父に電話してみます」

保育園に大雅さんを連れて行けば注目されてしまいそう。

まだ早い時間だからそこまで人目はないし、保育士も深入りはしてこないだろうけど、私がテンパりそうで嫌だ。

叔父さんに電話をかけたらすぐに出て『お迎えはじゃあ頼むな』と言われた。

保育園では人嫌いなんて微塵も出さないぐらい愛想がいいけど、人と関わるのはやはり面倒らしい。

「一緒に行きますか？」

本音を言えば少しだけ周りの反応が怖い。

でもそんなことを言っても、彼が薫人の父親であることは真実だし、私の判断で逃げることは違うと思う。

「ああ。車で待ってるよ」

私の考えていることなんてお見通しと言わんばかりに苦笑された。

「一度家に帰ってもらって、チャイルドシート載ってる車に乗り換えます」

「ああそうか。俺の車にも設置しないとな」

楽しそうに言われ、何を言うのが正解かわからず濁してしまった。

急がないと言いつつも、彼もちょっとだけ焦っているのは私がきちんと気持ちを態度で表していないからかな。

二年なんてあっという間に感じるほど忙しい日々の中、彼との再会後、どう動くのが正解か、何が間違っていてどの選択が正しいかなんて一つもわからない。

けれど、彼と一緒に乗る車の中での時間は心地がいい。

仕事中の真面目な彼も、仕事中の合間にプレゼントやサプライズを用意してしまうずるいところも、私の理想的な香りを差し引いても全て素敵だと思えた。

そう。この気持ちから逃げるのもずるいよね。

恋い焦がれるこの気持ちは、再会してからずっと胸の中で燻っている。

薫人のことを考えてとか言い訳しても、結局は記憶の隅に追いやっても、また中心に戻ってきてしまう。

私は彼への気持ちを認めるしかない。それを伝えるのが下手で難しい。

二年前の出来事は、香りが媚薬のように私をおかしくさせた衝動的な行動だ。

それにこんなに素敵な人が私を口説くなんて、夢かからかわれているかに違いない。

ぐるぐると考えて、臆病な私はあと一歩が踏み出せない。

彼の言動に、自分に自信が持てない私は信じることができないでいた。


保育園に迎えに行くとおやつを食べている薫人が見えた。

二人で保育室の廊下側の窓からこっそりその様子を拝見させてもらっていたら、食べ終わったあとに保育士が薫人にこちらを指さした。

「あーっ」

気づいた薫人がゆっくりよたよたしながら歩いてくるのを見て、頬が綻んだ。

一度歩けるようになったら、すぐにこんなに上手に歩けるようになって感動してしまう。

薫人は私のスカートにしがみつき、何度か顔を擦りつけて嬉しそうだ。

いつもよりは少しだけお迎えの時間が早かったのが嬉しいのかもしれない。

そんな薫人は、私のスカートに顔を押し付けるのを満足したのか、横の大雅さんを見上げた。

「おかえり、薫人」

優しい声で大雅さんが頭を撫でると、薫人は数秒じいっと大雅さんを見つめていた。

そしてすぐに笑顔になって両手を伸ばした。

「甘い匂いがする。おやつは美味しかったか」

抱き上げて頭を撫でながら、大雅さんも嬉しそうだ。

片手で簡単に抱えあげられるほど小さな薫人を、大事そうに両手で抱きしめて微笑ましい。

「今日はお外で元気に遊んだのでお着替えしてます」

保育士さんに洗い物も入った登園バッグを渡され、お礼を言うと彼が手を伸ばしてきた。

「全部持つよ」

「いえ。結構重いんで」

「でもいつも美月が持ってるんだろ」

荷物を奪われ、薫人を抱きかかえたままの彼の隣を手ぶらで並んで歩く。

「……えっと、ありがとうございます」

「いや。俺もありがとう。今日は最初から最後まで楽しかった」

薫人の背中を何度も優しく撫でる大きな手も、優しい声もなぜか涙が出るほど愛おしかった。

ずっと一緒がいいな。

ずっと一緒が、いいな。

薫人と大雅さんの二人の関わりを見ていたら、幸せで胸が苦しくなった。

このまま三人で一緒の家に帰って、三人でご飯を食べて、三人で同じベッドに眠って、朝はバタバタしながら用意して、そして三人で笑い合いたい。

「美月？」

車の中では我慢できたのに、送ってもらって坂の上に上がっていく途中で頬を涙が伝った。

「あの日も会って数時間だったのに」

車を停めて後ろの薫人のチャイルドシートを外していた彼の大きな背中に、弱々しく言葉を投げつけてしまった。

「会って数時間のあなたに、私は弱音を受け止めてもらって救われました」

今日だって、たった一日。

一日、一緒に仕事の相談をして食事をして、薫人を迎えに行って一緒に帰ってきただけなのに。

「今日一日で、気持ちが溢れ出してきました」

幸せだと感じてしまった。

二人を見て、幸せを感じて、そして未来に希望しか感じなかった。

私はこの人の隣にいたいと強く思ってしまった。

「そんなの、俺は再会してからずっと溢れてたけど」

気づかなかったの、なんて彼は笑った。

「たくさん間違えたけど、君の時間を二年も奪ってしまったけど」

キザったらしくハンカチなんて取り出して、私の目元を優しく撫でた。

そんな完璧な仕草さえもずる過ぎる。

「俺はいつでも二人を想ってるし、世界で一番君が好きだよ」

ずるい。

いや、ずるいのは私だ。彼にだけ言わせて、これから知っていきたいと偉そうに言っておきながら感情が上手くコントロールできないのだから。

「私も、記憶の隅に追いやっても無理でした。それに嫌いになれたら、薫人を産むなんて選択、きっとできなかった」

あの日、絶望で歩けなかった私を助けてくれたのは間違いなく彼だった。あの日、あなたに出会えなかった私を考えると怖い。

「感謝しているよ。あの日、俺の前に現れてくれたことも」

「大雅さん、私」

溢れて止まらなくなって、胸が苦しい。

この気持ちを伝えたくてもどかしくて、彼を見上げる。

「大丈夫。全部わかってるよ」

「いえ。言わせて。ちゃんと言わせてください」

あなたにとっては私は、二年前に逃げ出して、その後消息がわからなかった相手で、あなたはちゃんと探して会いに来てくれたのだから。

「私ばかりがあなたに幸せを貰うのは、駄目」

私だってたくさん感じている気持ちにはきちんと伝えたい。

「二年も時間を奪ったのは私も一緒でしょ。でもこれだけは伝えたいの」

彼の目を見た。薫人を抱きしめながら蕩けるぐらい幸せそうに笑っている彼に、私は心臓が飛び出しそうなのを呑み込んで伝えた。

「探しに来てくれて、会いたいと思ってくれてありがとうございました」

言い終わると同時に少しだけ乱暴に抱きしめられた。

薫人は彼の背中に上っていて、思わず笑ってしまった。

「……今度は三人で出かけよう」

彼に言われ、私は大きく頷いた。

「悪かったな。今日は真面目に仕事の話と今後の話をしたかったんだが」

門の錆びた音と共に彼の温もりが離れていく。

「俺がもっと美月を知りたくて止められなかったんだ」

これ以上は、衝動で動いてしまいそうだからと門を閉めると、押し込めるように庭へ誘導された。

「私もです。三人でお出かけも楽しみにしています」

素直に言葉を吐き出せたら、心も素直になった。

私はやはりこの人が理想で大切で、愛おしいんだ。

一度自覚してしまうと、何度も手を振り、振り返る彼の姿に胸が熱くなるのを止めることはできなかったし、止めるつもりもなかった。

五、水族館デート

三人でのお出かけは水族館へ行った。

叔父が人混みが苦手なので、人が多い施設は行ったことがほぼなかった。

動物園は保育園の遠足で行ったと伝えると、水族館に行こうと誘ってくれた。

彼がベビーカーでの移動しやすい水族館を探してくれて、ヒトデに触ることもできるよ、とパンフレットを持って説明してくれたのは嬉しかった。

楽しみにしてくれている様子に、リビングで監視していた叔父も面白くなさそうだったけど文句は言わずに睨みつけるだけだった。

休日の水族館は、人こそ多かったけれど大型施設なので人混みはそこまで気にならなかった。

少し寒かったので薫人には黒のもこもこのパーカーを着せていたら、大雅さんがペンギンの帽子を買ってくれて、ペンギンのコスプレみたいになって可愛い。

海中を移動しているようなエスカレーターに乗ると、薫人はきょろきょろとどこを見ても魚が泳いでいるのに興奮しているようだった。

「この歳って水族館に来たって覚えてられるのかな」

丸い窓の向こうの海月《くらげ》に手を伸ばす薫人の嬉しそうな顔を見ながら、首を傾げる。

言葉はまだはっきり出ていないけど、薫人は表情が豊かなので楽しんでいることはわかる。ただ、写真とか見せても覚えてなさそう。

せっかく初めて三人で出かける初めての日だから、記憶に残ってくれたら嬉しいけど、さすがに難しいかな。

「まあまだ一歳手前でしょ。今日は覚えてなくてもまた来たらいいよ」

何回も来るような、と大雅さんが照れたように言うので、私も何度も何度も頷いた。

ヒトデを触るコーナーでは、水の冷たさに泣き出してしまって二人で笑ったし、イルカのショーでは二人で薫人を水に濡れさせないように守った。

「わーー。ここは人がいっぱいだね」

大きな水槽の前は、写真を撮る人や水槽に張りついている子ども達で溢れ返っていた。

水槽の横に書いている説明を見ると、イルカの赤ちゃんと母イルカが仲良く並んで泳いでいるのが見どころらしい。

確かに水槽の中で小さなイルカが優雅に泳いでいるのが見える。

でも人が多過ぎて背伸びしてなんとか見えるぐらいだ。

「ほら、薫人、イルカの赤ちゃんだぞ」

軽々と薫人を肩に乗せ、彼が水槽へ近づいた。

何度も手を伸ばして嬉しそうにしている薫人を見て、今日、ここに来て良かったなと本当に思えた。

「それにしても、やはり人混みは酔いそうだな。大丈夫か？」

興奮して眠ってしまった薫人のベビーカーを押してくれながら、大雅さんが心配そうに顔を覗き込んでくる。

「美月って匂いに敏感そうだけど」

「あ、それは大丈夫です。好きな匂いや香りに反応しちゃうだけで、匂いが混ざっても酔ったりはしないんです」

「なるほど。じゃあ香水つけてくれれば良かったかな。今度、薫人に悪影響じゃない香水作ってよ」

「あはは。悪影響って。不快になるほど濃くつけなきゃ大丈夫ですよ」

それに薫人はアレルギー検査などをしているけど、今のところアレルギーもない。

「あの、大雅さん、お弁当作ってきたんですが、食べてくれますか」

休憩スペースをパンフレットで探しながら、顔を隠す。

「……叔父以外で初めて食べてもらうので、自信がない、ですが」

言いながら恥ずかしくなってとうとうパンフレットで顔を覆い隠してしまった。

今日のお出かけのために大きなお弁当箱を買って、何回か練習した。

叔父が今日のお出かけに少しだけ安堵してたのは、お弁当の味見係から解放される部分もきっとあると思う。

「もちろんだ。全部食べるよ」

休憩スペースで緊張しながらお弁当を広げていると、匂いにつられて薫人が目を覚ました。

「薫人にはまだ素材の味を楽しんでもらいたい段階なんですけど、食欲がすごくて」

「お、可愛い」

海苔を切ってくまのおにぎりを作っていたのを見て、大雅さんが目を輝かせた。

けれど感動している大雅さんの前で、お腹を空かせた薫人がすぐに手に持って食べてしまった。

「こらー。手を拭いてからでしょう」

手を拭いて、フォークを持たせると器用に食べ出した。

薫人の好きなカボチャやブロッコリーは頬袋に溜めるようにどんどん口に入れるので、一つずつフォークに差して渡した。

「大雅さんも好きに食べていいですからね」

「ああ。写真も撮ったし食べるよ」

薫人に食べさせたがっているのかそわそわしていたので、フォークに刺さったブロッコリーを渡すと、早速食べさせていた。

大雅さんが薫人に食事補助をしてくれるので、私ものんびり食べることができた。

この卵焼き、ちょっと味が薄くないかな、もう少し出汁を入れた方が良かったかなって食べながら焦ってしまった。

「美月はさ」

「はい」

「ご両親とはどんな話をしてる？」

——ひ。

両親の話題を出されて、急にご飯の味がわからなくなった。

私の顔色が悪くなったのを察してか、彼がすぐに口を引き締める。

「すまない。言い出せるわけないな。その、今度創立パーティーの案内状の件でコンタクトを取るが、挨拶しても大丈夫か？」

挨拶。

あの時は、大雅さんが『エマ』の副社長だとか両親に繋がりがあるとかは知らなかった。私の相手が大雅さんだとわかれば、母も父も安心はするとは思う。

でもこうなった原因を私がきちんと説明しなければ、母は大雅さんにも強い言葉をぶつけてしまうかもしれない。それは嫌だ。

「先に私が話してみます」

「君の叔父さんから連絡は取り合っていないと聞いているよ。一度、話をさせてもらっていいか」

「でも、母はその、叔父の姉だけあるというか芯が強くて言葉がストレートで」

「はは。竹田さんね。母から話は聞いているから大丈夫。俺に任せて」

大雅さんの言葉に狼狽えるけれど、大雅さんはあっけらかんとしていた。

「因みにうちの両親は問題ないよ。事情を説明した時、父には殴られたし母にもすぐに会いに行きなさいと呆れられただけ」

「だ、大丈夫じゃないですよね、それ」

「俺が悪かったんだ。うちの両親はこの結婚に反対していない。早く薫人と美月に会いたがってるし、創立パーティーには日程を調整して帰国してくるよ」

そうだ。私の両親も大変だけれど、彼のご両親に会うのも覚悟しないといけない。

「本当に大丈夫だ。散々お見合いの話を持ち掛けてきたぐらいだから、俺が相手を見つけただけで安心してたよ」

「……でも殴られたんですよね」

「殴らない親の方がおかしいでしょ。自分の息子が大切に育てられたお嬢さんにそんな選択をさせたんだから」

大雅さんもご両親ときちんと話していたんだ。叔父の背中に隠れて連絡を取ることに怯えていた私はちょっと情けなくなった。

「そこまでしてくれてたのに、私の方は親から逃げててすみません」

「謝ることじゃないよ」

「でも……クリスマスはちょうど薫人の誕生日でもあるし、両親を食事にでも誘ってみます。今なら落ち着いて話せることもあるだろうし」

潔癖なぐらい真面目な母にとって、私の選択はきっと許し難い選択だったし、ふらふらしてみっともなく映ってるかもしれない。

でも母にそう見られてしまうのは、私が本当に意思もなくふらふらしていた時期があったからだ。

「無理はしないでいいから」

こうやって私のことを理解してくれようとする人がいる。

いい加減、しっかりしないといけない。これ以上心配かけないように何度も頷いた。

「そういえば午後からペンギンのショーがあるらしいです」

ちょうど食べ終わった薫人の口を拭くと、今度は両手を振り上げて暴れ出した。

ベビーカーから出してみると、自分で歩きたいらしくよたよたと休憩スペースから出て行こうとしている。

「最近、ベビーカーから降りて歩き出すんです。すぐ疲れちゃうけど」

「ああ。じゃあペンギンの場所まで歩いていこうか」

ベビーカーを畳むと片手で持ち、もう片方は薫人と繋いでくれた。

「ふふ。可愛い」

二人の背中をスマホで撮っていると、後ろから歩いてきた人にぶつかられた。

「わっ」

お昼のショーの前にさらに人混みが増えた。

「大丈夫か」

大雅さんが腕で受け止めてくれたけど、ペンギンのショーに向かう人混みの中で、薫人を歩かせるのは危険かもしれない。

小さな薫人が人混みではぐれないように私も急ぐと、薫人が手を伸ばしてきた。

小さな薫人の手を握り、大雅さんの方を見る。

薫人の身長に合わせて少しだけ屈む彼の姿勢が愛おしい。

「うーん。でもこれじゃあペンギンのショーに間に合わないかもな」

歩くのが遅くなってきた薫人を軽々と肩車すると、私と手を繋いでくれた。

本当の家族みたいに満たされる時間。この幸せを永遠のものにするためにも、頑張ろうと強く思えた。

＊＊＊

それから『エマ』の創立記念香水の企画は順調に進んでいった。

滝さんからの私の評価は変わらないのか、大雅さんから接近禁止とは言われているが、企画自体は問題ない。

公私混同は避けたいけど、本社で打ち合わせしたり工房で話し合いすると冷静でいられないというか、仕事中の彼は完璧で隙がなくて格好いい。

それなのに薫人と遊ぶ時のデレデレしたギャップ。

薫人は本能なのか会った時から大雅さんに懐いているし、いい傾向ではある。

最近では人嫌いの叔父と談笑してる場面も見るし、外堀も埋まってきている。

彼のご両親には、私が調香した香水を添えて会いたいという手紙を送ったら、創立記念パーティー用の薫人の礼服が送られてきた。大歓迎だという手紙を添えて、香水のお礼らしい。

クリスマスは向こうでイベントなどが忙しいらしく帰国できないので、本格的に会うのは創立記念パーティーになりそうだった。

うちの親には、会わせたい人がいることと薫人の誕生日のクリスマスに食事に誘ったがメールの返信はなかった。

心配をかけたお詫びはするけど、迷惑をかけたとかは謝りたくないなという私の意地から、電話できずメールで連絡してしまった。薫人を産んだことは誰にも謝りたくないし、叔父には迷惑をかけたけど両親は口しか出していない。

ただ心配してくれたとは思うからそこだけはきちんと謝りたい。大雅さんだって殴られる覚悟でご両親に話しているのだから、私から歩み寄らなければ状況は変わらないと思う。

このまま連絡が来なければ、電話はしようと覚悟はしている。

叔父は自分がいると母の機嫌が悪くなるだろうからと、クリスマスからカウントダウンまではロサンゼルスにでも行こうかとホテルを予約してしまっている。

『すまない。今日が出張で最終の飛行機だ。帰りつくのはとっくに薫人が寝てる時間だな』

『お仕事は仕方ないですよ。お疲れ様です』

『お土産は持っていく。叔父さんが好きそうなワインもあるよ』

返信し終わると同時にバスが私と薫人の前に停まった。

週に何度か薫人に会いに来てくれていたが、クリスマス前は『エマ』も忙しい。

クリスマスブライダル用に、エステの予約やホテル関係の仕事も舞い込むらしい。

大雅さんが保育園にお迎えに行きたいと言っていたので彼の車で帰るつもりだったから、バスでお迎えに行ったけど帰りもバスで帰ることにした。

薫人も何度も周りを見渡している。大雅さんが迎えに来ると思っているのかもしれない。

「今日はパパはお仕事だよ。ちょっとお散歩して帰ろうか」

パパなんて気恥ずかしくてまだ大雅さんの前では言ったこともないので、言葉にすると違和感がある。

でも薫人と大雅さんの関わりは、もう親子そのもので、歩くのが大好きな薫人は大雅さんがいる時は抱っこを強請《ねだ》って甘える姿が多く見受けられる。

彼はパパと呼ばれたいかな。お父さんかな。

「ちょっとお屋敷の庭見に行こうか」

彼と初めて会った庭園。枯れ葉などの手入れも終わっているし、薫人との散歩に好きに入っていいと鍵を貰っていた。なので、中で少しだけ薫人と散歩してから帰ろうと思っていた時だ。

門の前の人影に気づいた。

正面の鉄の柵に両手を置いて、まるで中を覗き込むように立っている。

怪しい行動だけど、その横顔はちょっと幼い。私みたいに中の庭の花を見ているだけなのかもしれない。

少し迷ってから声をかけようとしたら、突然こっちをバッと振り返った。

「あれ……あなた、香水の人」

「え……陽菜さん？」

大輪の花が散りばめられたアンティーク調のピンク色のワンピースが、振り向きざまに風になびいた。

以前、ハーブ園のカフェで働いていた女の子だ。そばかすが印象的だったので覚えている。

相変わらず、風に流れる長い髪も、黒く艶やかで綺麗。大和撫子っていう言葉がぴったりな、控えめでお人形みたいに綺麗な女の子だ。大きな目で私を見上げるその姿は、驚いているし怯えているようにも見えた。

「あの、どうしたの？」

穴が開くほど見つめられ居心地が悪くなって、もう一度そう尋ねる。

「どうしたの？」

「なんで仕事の取引先のあなたがここにいるの？」

「私は、すぐそこが仕事場なの。陽菜さんこそ、ここ、ハーブ園からとても遠いけどどうしてここに？」

ハーブ園でバイトしていたとなると、あそこらへんに住んでいるんじゃないのかな。

あそこからここまで、車で一時間はかかる。

「だってここ、大雅さんの祖父母方の庭園なんです。滝さんにお手入れが終わったと聞いたから見に来たの」

鈴を転がすような愛らしい声で無邪気に言われて、身構える。

彼女は『エマ』の会員だとは聞いていたけど、彼の秘書の滝さんまで知ってるのに違和感を覚えた。

「……可愛い男の子ですね。抱っこしてもいいですか？」

「あ、薫人」

名前を呼ぶと、珍しく人見知りが出たのか私のスカートの後ろへ隠れてしまった。

「すみません。最近、人見知りが出てきたのかな」

「どこかで見たことがある顔ですね」

陽菜さんの声が低く冷たく聞こえた。

「滝さんにお聞きしたんです。大雅さんが海外赴任中に結婚もせずお子さんが生まれていると」

本能的に一歩、後ずさった。

先ほどから彼女の言葉に驚かされているし、恐怖も感じていた。

なぜ、彼女はそれまで大雅さんのことを知ってるの。

「おかしいです。私が大学を卒業したら彼のお嫁さんになる予定だったのに。親に頼んで両親を連れて食事も何度もしたのに」

「えっ」

私と薫人の後ろで車のエンジン音が近づいてくる。

目の前の彼女から目を逸らせず、後ろの車の音が近づいてきても動けなかった。

ただ必死に薫人を私の背中に隠した。

「大学を卒業したら、正式にお見合いさせてもらおうと思っていたの。なのに海外から帰国したことも教えてくれない。あのハーブ園で会った日からずっと逃げてるの。責任を取ってもらいたいのに、私から逃げるなんて卑怯だわ」

大人ぶった口調が、彼女をさらに幼く見せる。外見は子どもっぽいけれど、口調やたたずまいは大人っぽい。

でも責任から逃げてる？

「だから、彼に伝えて。あなた、仕事で会うんでしょ？『婚約者が会いたいと、嘆いていた』とでも言ってもらえます？」

「婚約者？」

「ええ。大雅さんは私の運命の人だもの」

運命の人？

清潔そうな彼女からは、一切香りがしない。

そうだった、香水系は全くつけられない子だった。肌が弱くて化粧だってできないって陽菜さんは言っていたし、彼もエマに天然成分だけの化粧品の商品化を打診していた。

胸が痛い。

もし彼女と大雅さんが今まで会っていたとしても、匂いがしない彼女では気づかない。だから彼女が言っている言葉が本当だとは思わないが、確証もなかった。

「えっと、言えたら、言ってみるけど……。その、こんな遅くに一人で大丈夫？　送ろうか？」

こんな綺麗な子が一人で歩いていたら、大変危険じゃないだろうか。

親切からの言葉だったのに、陽菜さんは首を振る。

「いいえ。滝さんが迎えにきてくれたので。失礼いたしますね」

「え、ちょっと」

追いかけようとしたのに、彼女はさっさと車に乗り込んでしまった。

車の運転席の窓が半分だけ開くと、滝さんが私を冷たい瞳で睨んでいた。

「安曇《あずみ》さんは、エマとの取引もある会社のご令嬢です」

陽菜さんは勝ち誇ったように鼻を鳴らして笑っていた。

暗に私みたいにいきなりふらっと現れた、どこの骨かもわからない小娘より取引先の令嬢の陽菜さんの方がふさわしいと言っているようだ。

滝さんもこの庭を手入れしていた時期もある。さすがに彼の所有している敷地には入れないだろうが、彼女がこの屋敷の前にいる理由もわかる。

大会社の社長になる従兄弟のお相手が、勝手に子どもを産んでまた現れた私よりも取引先のお嬢様の方がいいと思うのは当然だ。

今の私の評価が、彼の中ではゼロどころか地べたを這うレベルなのだろう。

若さも美貌も、上品さも何もかも勝てる要素がなさそうな子だったけど、婚約者は初耳だ。『エマ』のモチーフになっている麦わら帽子のそばかすの女の子の横顔。薄々思っていたけれど、その横顔によく似ている。ご令嬢で家族ぐるみの付き合いもある。ならば、もしかして本当に婚約者だったのかもしれない。

驚いて言葉を失った私を見て、滝さんは窓を閉めるとさっさと車で去っていく。

今は名残りのガソリンの匂いさえ吐き気と嫌悪がした。

頭の中がぐるぐるする。大雅さんに直接聞けばいいのに、私みたいに恋愛経験が全くない場合、どうやって切り出していいのかわからない。

今後、ずっと一緒にいてもその行動の影が垣間見えるのが不安でしかない。だから、悩んだって無駄だってことじゃないか。

ぐだぐだいつまでも考えてもしょうがない。

あまりにも次期社長である彼の隣にふさわしい家柄や婚約者と言い切る自信と度胸に驚いたけれど、それぐらいで揺らぐほど私だって愚かではない。

だって大雅さんは誠実な人だ。それは再会してからずっと感じている。

たった一度会っただけの私を忘れなかった人。

私が信じなくて、どうする。この先、一生一緒にいる人をずっと疑うなんて自分の方が信用できない。

その夜は、珍しく薫人が夜泣きした。

先ほどの異変に、子ども心に何か感じたのかもしれない。

『まだ起きてるか？　今、坂の下だ』

大雅さんのメッセージを確認して、薫人を寝かせるとすぐにジャンパーを着て、庭に出た。

吐く息は白く、指先がすぐに冷えていく夜。

「ごめんな。疲れてたら明日でも良かったんだが」

「いえ。私が会いたかったんです」

今日のことをどう切り出そうか考えていると、先に彼が真面目な顔になった。言いにくそうな、痛みが混ざった瞳に、私は首を傾げる。

頭を掻きながら、どうしようか迷っているのか視線をさまよわせる。

そんな彼の姿は初めてだ。

「すまない。滝から何か言われたか？」

「うっ」

気づかれていた。でも、理由が違う。私がおかしかったのは、滝さんに冷たくされたからではない。

でも、気にしていないように普段通りに振る舞うのは無理だから、正直に伝えた。

「滝さんが、陽菜さんは私がいなければ大雅さんのお見合い相手だったと。陽菜さんもあなたの婚約者だと言ってました。連絡をください、と」

彼が大きくため息を吐くと、門にもたれた。大きく錆ついた音が、夜の空に響いた。

「連絡を無視したわけではなく、昔に断った話だ。たくさんお見合いの話は来ていたから、彼女と話があったことすら忘れていた。滝は、あのお嬢ちゃんの肌が荒れていた小さな時から今の回復した彼女を見ていたから、情が移っているんだと思うが、ちょっと度が過ぎてるな」

「でも、私よりは」

「その先に何を言われても、美月以外の選択はないと断言しておくよ」

「私も、信じてます」

こんなに息をするのが苦しい瞬間はあっただろうか。声が震えた。怖くて足が震えた。信じているのに、不安は積もる。どうしたって百パーセント相手の気持ちは読めないから。

だからわからない部分が不安になってしまう。彼が私の手を握った。

「ただあなたの会社の立場的にとか、親戚の方からの印象が気になったの」

「俺の周りには、本人の実力以外を評価するような馬鹿は滝ぐらいしかいない」

断言する大雅さんの様子から、大雅さんには影響がないのだけはわかって安堵した。

「じゃあ滝さんと話し合いさせてください。このままでは本社や『エマ』で避け続けなければいけません」

「そうだな。はっきり言っても態度を改めなければ、父がニューヨーク支社で秘書を探していたからちょうどいい」

繋いだ手を引き寄せると、そのまま強く抱きしめられた。

この香りだ。この香りを放っているのは、私が好きで好きでたまらない人。

「陽菜さんは何も心配しなくていいよ。俺がなんとかする。相手は話が通じないから、親御さんときちんと話す」

「……あのね、大雅さん」

「ああ」

「私が初めてあなたに惹かれたのも、その……今の陽菜さんと同じ年くらいだったと思います。だから、彼女の気持ちとは、その……ちゃんと向き合ってあげてほしいかな。一人で無理しないで。私にできることはない？」

見上げて少し首を傾げながら聞くと、額にキスしながら、ようやく安心したように笑った。

「美月が俺の前から消えなければ、なんでもいいよ」

私も愛してるという気持ちを込めて、うんと背伸びしてキスをした。

＊＊＊

午前中に、大雅さんから最終チェックのＯＫが貰えた。

これでようやく発注、出荷ができる。

完成品が届いたら、この仕事も終了だ。

このボトルは、継続的に店内だけで売るらしいから完全には仕事が切れるわけではない。来年からはハーブ香水と化粧品の取引先も始まるはずなのでますます繋がりは切れない。

今日は退勤したら薫人の誕生日プレゼントを見に行こうかと思っていた。叔父さんは庭に自分で滑り台を作ってあげたいらしく日曜大工を頑張っている。

大雅さんは三輪車はどうかと言っていたかな。

私は薫人の生まれた時の体重のぬいぐるみを三つオーダーして、互いの親と薫人に渡そうと思っている。

依然、母からは連絡はない。父からは有休を取るよと嬉しそうに電話が来たから、母も来るとは思うけど何も返信がないまま会うのは複雑だった。

「ちょっと待って」

薫人をお迎えに行くためにバス停へ向かっていた時だった。彼の庭園前に差し掛かった時、視界の先に可愛いミュールが見えた。この季節には少し寒そうなミュールに、ピンク色の花が散りばめられたネイル。

顔を上げると、陽菜さんが立っていた。

今日は真っ赤な大輪の花びらのワンピース。髪は流れ落ちるようにまっすぐで、黒く濡れて、やはり可愛らしい。

「ねえ、昨日伝言お願いしたわよね」

「うん。されましたね。連絡ありました？」

「私じゃない。親によ。親が怒っちゃって連絡先消されるし、次は携帯没収するって言われたわ。信じらんない。酷い。私が滝さんにお願いして大雅さんの周りをうろうろしているのが品がないって言うのよ。婚約するのに何がいけないのよ。おかしいわ」

大人ぶった口調で髪を弄りながら、唇を尖らせる。

うちみたいに放任主義じゃなくて、親に大切にされて育てられた箱入り娘って感じだ。

「ここで彼が来るまで待つけど、あなたは？」

「えっと、ここは彼が管理しているけど、多分家は違う場所にあるから来る確証はないですよ」

滝さんもさすがに彼の自宅は教えていないようだけど、ここにいつ来るかなんて私にもわからない。少なくても今日は私と出かけるので待っていても来ることはない。ただ海外赴任から戻って、自宅はまだ段ボールだらけだとか言ってたから、私も行ったことがない。

「じゃあ滝さんに教えてもらおうっと」

少し肌寒い今日には、薄手のワンピースだけで心許ない。心配でじろじろ見てしまったせいか、睨まれてしまった。彼女はそばかすを手で隠すように触りながら、強い口調で喋り出した。

「私、肌が強くないじゃない。だから香水とか保湿クリームにも負けることがあって、好きじゃない。それにきつい匂いの香水だって発情した雌ですってアピールしてるみたいで気持ち悪いし」

グサグサと言ってくるこの感じ。まあ可愛いから許されるのかもしれない。

化粧もしてなさそうな自然な感じの可愛さは、肌荒れと戦っていた歴史があるから、香水や化粧に嫌悪を向けるのは仕方ないか。

「オーガニック系の化粧品なら、オイルから素材にこだわってるからあなたでもお化粧できるんじゃない？　『エマ』で今販売しているものとか」

「そうよ。私の肌は、『エマ』のおかげでこんなに綺麗だもん。おばさま達も言ってたのよ。私のために作られたような化粧水ね、とか。『エマ』のモチーフの横顔乙女に、私の横顔がそっくりとか」

ふふんと髪を背中に流してから、彼女は私を一瞥する。

ご両親と交流があって、箱入りのお嬢様。大手会社の社長の婚約者としては、理想的な相手だ。

「昨日の赤ちゃんも、私が育ててあげるわよ」

「あまり呆れることは言わないで。あなたと大雅さんの話し合いには関わるつもりはないの。当事者同士で話してね」

「ふふ。そうね。除け者だからね、あなた」

ふわふわと髪をなびかせて得意げに歩きながら、彼女は笑う。

「――美月」

言葉を遮ったのは、正面の門から顔を覗かせた大雅さんだった。

「大雅さん」

「偶々、屋敷の雨漏りを確認しに来てたんだが、雨漏りの箇所が見当たらないんだよ」

「滝さんが雨漏りって言ってたんですか？」

だったらそれは嘘なんだなとピンときた。

ここで彼女と大雅さんを鉢合わせるために、そんなことまでするのね。

苦笑していた私の横の子を見て、彼も理解したように嘆息した。

彼女は、大雅さんを見た瞬間、耳まで真っ赤にしてスカートを両手で押さえてもじもじし出した。それを横目に見ていながらも、大雅さんは声をかけるわけもなく私の手を掴む。

彼女の大きな目が見開くのが私からも見えた。

「えっと、安曇さん、だったよね。何度も電話をくれたのに返せなくてごめんね」

大雅さんの言葉に、うつむいたまま首をブンブンと振る。

「俺は仕事が終わると、大切な人との時間を優先してしまうんで電話には出られなかったんだよ」

「大雅さっ」

「その人はあなたの恋人ですか！」

此方を見ない彼女は、自分のスカートを掴む手を睨みながら、身体を震わせてそう聞く。

「そうだよ。俺の隣にいる人は俺の大切な人だ」

大切な人、と言った瞬間、茹で蛸みたいに真っ赤な彼女が泣き出しそうな顔を上げて縋るように大雅さんを見た。

「ご両親とはお話が済んでいる。ここではなく、エマで話さないか。ご両親も待っている」

仕事中の彼みたいな、声に感情のない一定のトーンで冷たい印象だった。

目に涙を溜めた彼女はその場で動けずに、首を横に振っていた。

私の前とは違う、本当の彼女の姿なんだと思う。好きな人の前で緊張して話せなくて、真っ赤になって言葉が出てこない。その様子は、恋する女の子って感じで可愛かった。レストランでの明るくて活発な感じの彼女も素敵だったけれど、恋を自覚した乙女な様子も可愛い。

「俺は美月に二度と逃げられたくないから断言するよ。美月以外の女性には興味ない」

断言してくれた彼が、私を自分の背に隠してくれた。

するとと真っ赤だった彼女の顔が、段々と青ざめ涙を浮かべると項垂れた。

「……最悪。超最悪じゃん。ただ私、大雅さんの恋人に嫌がらせしてる嫌な人じゃん」

顔を覆って泣き出した彼女に、とうとう観念したのか彼が上着を脱いでその肩にかけると庭に招き入れた。

「安曇陽菜さん。すごく肌が綺麗になりましたね。オーガニックエステが君に合っていたようで良かったよ」

「……はい」

「ここは寒いから温室に入る？　そこで話をしようか」

彼が言うと、陽菜さんは横に首を振った。

「私、酷いアトピーで、掻いたら肌がボロボロになって……お薬も効かなくて、小学校の時、魚の鱗っていじめられて」

ボロボロ泣き出した彼女は、彼の上着の裾で目を覆いながら嗚咽をこぼす。

「だから、エマで全身エステしてもらった時、嬉しかったの。誰も鱗って馬鹿にしない。気持ち悪いだろうに皆親切で、私……私、嬉しかった。どんどん肌も綺麗になって嬉しかった。こんなに綺麗にしてくれたエマの偉い人ってどんな人だろうってママとパパに頼み込んでお会いした時、とっても素敵でそれからずっと私の王子様だったの」

うわーんと座り込んで泣き出した彼女にハンカチを差し出す。

今までの尖っていた彼女も、大雅さんに恋する彼女も、性格なんて悪くない。まっすぐで少し幼いながらも純粋で綺麗で、不器用なところはちょっとだけ共感できた。

「『エマ』のスタッフは、来てくれた人みんなが最高の自分を見つけられるよう、誰もがプリンセスなのだという気持ちで仕事をしている。キザだろ?」

くくっと彼が笑うと、泣いていた彼女は目を擦りながら横に首を振った。

「だから君も可愛いお姫様だよ。本来の美しい自分に戻ったんだから、もっと周りにも目を向けてあげて。きっと君を好きだと言ってくれる人がいる。俺の婚約者に嫌がらせするぐらい君を大切にしている滝とか」

そう言って、薫人をあやすように彼女の頭を撫でていた。

「……あの人より、私の方が若くて綺麗だけど、あの人がいいの?」

「残念。俺には誰よりも彼女が綺麗で可愛いよ」

「気持ち悪い妄想で迷惑をかけてしまいました」

スイッチが入ったかのようにすっきりした彼女は立ち上がって私を見た。

「私、これからも『エマ』で綺麗にしてもらうから、あと数年したらもっと可愛くなりますよ」

婚約者だと言っている私の前で、大雅さんを誘惑するのはどうかと思ったけど、堪えられる。だって、全く大雅さんがほだされていないんだもの。

「はは。数年後は俺の愛で、美月もさらに綺麗になってるよ」

「それはあなたの視点でしょ？　街とか連れ歩くなら私みたいな可愛い女の子の方がいいですよ」

「連れ歩かないよ。一緒の歩幅でのんびり歩きたいし。俺は隣にいて楽しい相手がいい。お客様としてならいつでも君を歓迎するよ」

どんなに誘惑しても、何を言っても、軽く流してしまう。

モテる男はこんな感じなんだなと、感心してしまった。

こんな風に、相手の気持ちを否定せず、けれど自分の気持ちも絶対に譲らない頑固な感じ。

さすが大雅さんだと思ってしまった。

「親御さんがもうすぐ迎えに来る。ちゃんと謝ったらすぐ許してくれるよ」

「ありがとうございます。ね、私、土曜と水曜に本店で全身エステしてもらってるから、寂しくなったらいつでも来てくださいね」

「お客様としてはお待ちしております」

ちょうど、門の正面に車が停まった。

陽菜さんのご両親だったようで、大雅さんがそちらに向かう。

とても上品そうなご両親で、まずは彼女に駆け寄って心配したあと、私と大雅さんに何度も頭を下げて謝罪してくれた。

そのあと、保育園にお迎えがちょっとだけ遅れる旨を電話していると、陽菜さんが車に乗り込まず大雅さんを見ていることに気づいた。

陽菜さんは、大雅さんの後ろ姿を目で追ったあと、彼に撫でられた頭をそっと壊れ物を触るように恐る恐る触り、その手を頬に摺り寄せて泣きながら笑っていた。

小さくて可愛らしい恋が散る瞬間を見た。

けれど彼女は笑っていた。それに少しだけ救われる。

ご両親と話は終わっているというのは本当だったようで、何度も何度も謝りながら陽菜さんを車に乗せていた。

ブンブンと手を振りながら、車から身を乗り出す陽菜さんを、ぐったりした様子で彼は見送っていた。

「嵐が去ったね」

「台風だったな。まあ話がわかるご両親で良かった」

頭を押さえて首を振る彼が、自分の子どもに振り回されている父親のように見えて面白かった。

「危険を冒してまで、憧れの王子様に近づこうとしたんだよ。健気で可愛いじゃない。ちょっともったいないなかった？」

意地悪のつもりで聞いたのに、彼はにやりと笑う。

「全く思わない。俺は、こっちの素直じゃない危なっかしい美月を守りたいという思いが強くなったからな」

「その自信はどこから？」

あはは、と呆れていたら後ろから抱きしめられた。

「不安なのに泣きもせず、あの子の心配ばかりする。こっちの方が健気でいじらしくて可愛くないか？」

「ちょ、何を言って」

「悪いな。不安にさせて」

頭を撫でられて、なぜか視界が滲んできた。

「そんなわけないです」

よしよしと頭を撫でられて泣きそうなほど嬉しくなった。

この人は、私のことを考えてくれている。

「私もう二度と、大雅さんのどんな些細なことでも手放したくない。どんな言葉も、どんな仕草もどんな香りも」

「そうだな。俺もだよ」

笑いながら、私の頭に顎を乗せて、少しふざけたような声で言う。

彼に撫でられながら言われ、私は頷く。

どこまでも優しくて一途で、そして情熱的な大雅さん。

私は今日、この人に愛されて本当に良かったと心から幸せを感じた。

六、日々成長

陽菜さんの件は落ち着いたけれど、その原因になったのは滝さんの行動だ。問題は滝さんの方だった。彼の行動は、私のこれまでの行いを考えても、やり過ぎだ。

私だけならばいいけれど、彼の仕事に支障を来《きた》すかもしれない。

一度きちんと話をしたい。

「叔父さん、エマの十周年記念の香水に使うエッセンシャルオイルは、ハーブ園で採れたオーガニックハーブのものを使おうっていう話が出たの。でももう外国の高級オイル、注文しちゃったよね？」

「あれは俺も使いたかったから別にいいよ。ハーブ園のオイルって何？　資料ある？」

「持ってきた。あと、この企画が終わったら、ハーブ園で販売する香水なんかの商品もお願いしたいんだって。飲み物淹れるよ。紅茶でいい？　エマのハーブティーにする？」

苦手なハーブを克服するために、最近は自分で調合し出した。紅茶の香りもいいけど自分で調合したら愛情が湧く。

「そういえば」

「なに？」

　庭でペンキを持って立っていた叔父さんが、今思い出したと言わんばかりにマスクを顎まで下げた。

「滝って人間が俺と商談したいってうるさいから、一回会ってみないかと言われた」

「滝って秘書の怜也さん? サロンのマリアさん?」

「秘書かなー。俺の香水のファンって言われたから、イメージ壊すと思って断ってるんだけどさあ、ほら、俺ってこんな感じじゃない」

「うん。工房ではふわふわのくまのスリッパに、顔と手には女性問題でひっかき傷だらけでだらしなくて落ち着きがない」

「それが尊敬する叔父に対する言い方か。ほらー、英国のブランドで働いていた時は、インタビューとか雑誌に載る時とか顔作ってたでしょ」

　外面だけはいい。外面は確かにいいけど、人前で格好つけるせいで隠居してからは家ではだらしないし、野菜は嫌いでご飯が苦手で、パンばかり食べてるのにね。

「面倒だから会う気はないけど、お前が今後エマと仕事していく上で、板挟みになったりしない？」

叔父さんは会いたくないのに私のために考えてくれている。

滝さんが叔父さんのファンなのを知っているので、私に対して態度が酷いことは内緒にしておく。

「それは、無理しなくていいよ。けど、叔父さんにその滝さんのことで頼みたいことがあるんだけど」

「なにー？　面倒なことじゃないなら聞くよー」

「面倒かもしれない。叔父さんの香水が好きなのに飾ってるだけの人と、あ、あと肌が弱い人用の香水とかについて、少し」

「いっぺんに言わないで、一つずつちゃんと話して。どっちも香水のことなら面白そう」

陽菜さんの件と、叔父さんの香水を飾るだけの滝さん。

この二人の件が、今、叔父さんのおかげで私の中で繋がったのだった。


クリスマスまでの一か月間、オリジナルキャンドルやアロマの注文も増えた。

パーティーやプレゼント、催し物にもちょうどいいらしい。

注文票や予算を叔父さんに提出し、通販で注文があったオリジナル香水の香料を調合している途中で私の午前中はあっという間に終わった。

「忙しいけど、叔父さん二十日にはロサンゼルス行っても大丈夫かな」

私が調合してみたハーブティーは塩分控えめで美味しいと自画自賛していたら、心配げに言われた。

「大丈夫だよ。ただクリスマスは、うちの親をここに呼んでも大丈夫？」

「それはいいが、姉さんからは連絡ないのに来るのかなあ」

棘のある言い方にちょっとだけ苦笑してしまう。母は、叔父に会うと嫌味の一つ二つは言っているので、気持ちはわかった。

「俺は心配してたんだよ。俺は姉さんに嫌味を言われ慣れてるしクリスマスは会いたくないから逃げるけど、美月はあの真面目で潔癖な姉さんと対決するんだろ。姉さんが大雅の二年間をどう思っていて、どんな言葉を投げかけるかはわからないしな。美月を騙して一度は捨てた人間だと掴みかかるかもしれないし」

「もー変なこと言わないでよ」

「まあ二年も美月を探していた一途さは、俺も折れるしかないよ」

急に叔父さんのトーンが下がっていく。最近は晩酌したりと叔父さんが家に彼を入れてくれているもの。叔父さんを一番早く安心させてあげたいと思う。

「叔父さん。いつもありがとう。大好きだからね」

「ああ。おじさんも櫻井の馬鹿より愛してるぞ」

単純な叔父さんはその後ずっとご機嫌で、驚くほど素早く仕事を片付け旅行の準備をし始めていた。

＊＊＊

滝さんのことも、わかり合いたいから自分から進むしかない。

薫人を迎えに行くまでの手短な時間に、話をつけようと『エマ』に乗り込んだ。

粗方の事情を知っているマリアさんが滝さんを談話室へ押し込んでくれていた。

今日は陽菜さんが施術しに来るから現れると思っていたの。

「竹田さん、お久しぶりです」

「……滝さん」

普段から真面目そうな滝さんがネクタイを胸ポケットに入れて、上着を脱いで腕まくりをしている。

結構な寒い日だと思うのに、なぜそんな寒そうで動きやすそうな格好なんだろ。

私が不思議そうに見ていたからか、ふんっと鼻で笑われてしまった。

すると彼は、何か引っかかるような、当てつけのような深い嘆息をする。

「……どうしました？」

「今日も高級香料のメーカーから連絡がありました。俺としては十周年の記念香水は専属調香師がいる会社の方が手間も省けるし急に逃げることもないだろうし、信頼できるのですが」

「えっ」

知っていたら、絶対に私もその香料の資料が欲しかったし見てみたかった。

けれど滝さんが私を先ほどから睨んでいる。敵意しか感じないので私も腹をくくった。

「俺が社長のことを思って、高級で質のいい有名なメーカーの資料を取り寄せたんです。安曇さんの会社も石鹸を扱っていますし、あなたではなくISHII NARIHIRAさんだったら言うこともなかったのに」

つまり彼女みたいに家柄もいいわけもなく実績もない私に最大限の嫌味をぶつけているわけか。彼の従兄弟にしては幼稚な行動だ。

「叔父さんに会うこともできない実力だから、私に八つ当たりですか」

私の反撃に、彼が片眉を上げた。

「御社は質こそいいかもしれないですが、大きな工場もないでしょう。効率も回転も悪いですし、はっきり言ってISHII NARIHIRAさんのネームバリューしかない小さな会社。うちは全国、そして海外にも拠点を置く高級オーガニックアロマサロン。言いたいことはわかりますね？」

つまりうちみたいに見栄えのしない小さな会社より、金額は気にしないから見栄えと会社名のバックアップがある高級メーカーを使いたい、と。

その考えは否定しない。その方が売り上げがいいならそっちでもいい。

「でも今回は、高級メーカーかどうかなんて気にしないはずです。会員様用の記念品ですよね」

「記念品だから、ISHIIさんにお願いしたかったんですよ。あの人が金額や名誉で香水を作らないのは知っている。だからこそ、あの人と繋がっていると話題にもなるし」

「叔父さんの「春夏秋冬《ひととせ》」と、「花鳥風月」の香水が好きなのは、話題性？　持っていると注目されるからですか？」

「なんでそれを」

「あなたが叔父さんの香水を好きなのと仕事で携わるのは違うベクトルの話だわ。私から言わせてもらうと香水をネタに、ファンが本人と会おうとしてるように見えるわ」

叔父さんの「春夏秋冬《ひととせ》」は、最初に外国で売られて、日本には一年遅れで輸入された。それを輸入版ではなく外国版も持っていると、大雅さんから聞いている。そこまで熱狂的ファンなら話題性と言われれば激怒するとは思うが、散々振り回されたので私だってわざと嫌味を言ってみた。

「だから何だというんですか。私は、ISHIIさんの香水なら文句はなかっただけ。姪だから不満なんじゃない。ISHIIさんじゃない時点で全てが不満なんです」

そして私の姿を見て笑った。私も怯まず睨み返す。

「本音が出ましたね。残念です。大会社オーガニックアロマサロンの副社長の秘書が、暴走するなんてね」

仕事云々ではなく陽菜さんのことまで恨んでいるのはわかっている。

「私は『エマ』と仕事しているんです。滝さんが陽菜さんのことや叔父さんのことで八つ当たりするような小さい方で、がっかりしています」

今までの行いを考えたら、私だって我慢した方だ。

仕事に影響があるような行いはやめてほしい。

私の反撃に、いつも冷たく落ち着いている滝さんが真っ赤になって震えている。

「き、君が副社長の恋人なのは構いません。副社長の自由ですし。ですが、自分の会社の仕事を貰おうと色仕掛けしてくるのは迷惑ってことです」

衝く場所がなくなったから本音が出てくる。けれどその本音こそ公私混同でめちゃくちゃな理論だ。

「大雅さんの決定事項に異論があるなら、社内で話し合ってくださいよ」

さっきから人を見て態度を変えるようなこの人の言動に、不快感マックスだ。

私には失礼を言っても問題ないと思ってるような。

全然いい香りもしない。叔父さんの極上の香水を持っているくせに。

「まあ私は調香師なんで、大雅さんや叔父さんの仕事に口は出さないので。ただ、これ」

鞄から私が取り出したのは、叔父さんにチェックしてもらった企画書だ。

「なんですか」

「御社のハーブ園に行った際、スタッフにエマのサロンの常連の方がいました。彼女はアレルギーで市販の化粧品は使えないそうなのですが、エマに通い始めて肌がすごく綺麗になったと言っていました。彼女のように、肌が弱くて悩んでいる女性にも、香水を楽しんでほしいと思って。櫻井社長に依頼もされて化粧品の企画書を作りました。こちらの企画が採用された際には、うちのISHIIが香りの監修を引き受けさせていただきます」

「ISHIIさんが⁉」

急にテンションを上げた滝さんだったが、すぐに咳払いをして書類を乱暴に受け取った。

「会社がどのような企画を採用するかについては、私には何も権利がない。が、一つの提案として経営企画部の者に目を通してもらう」

「ありがとうございます。あと、これ、叔父が名前は出していないけれど引き受けているオーダー香水です。今回、私が叔父にオーダーして作ってもらいました」

「……」

「叔父が名前を出していないので、無名で話題性もない、ただの通販で買える香水ですよ。長期間飾って香りが消えるのは寂しいので、こちらは使ってください」

柔軟剤とかの香りはするけど香水の匂いがしなかった滝さんに香水を渡した。

神経質そうな彼には、リラックスできるような爽やかな香りのものを作ってもらった。

「……君のことはまだ認めたわけではないが、ISHIIさんの作品なら、ありがたく貰う」

「そうですか……でも私は対等に見ていただきたいです。私も誰かを嫌うのはストレスになります。これ以上、私に何をしても許されると驕っている態度は改めてくださいね」

仕事の相手として対等に並んだら、真面目で不器用なだけで、悪い人ではないように思える。

それにこれ以上、私と滝さんの関係が悪化すれば、本当に彼がニューヨーク支社へ飛ばされてしまいそうだ。

叔父さんが監修じゃなくてがっかりだったとか、安曇さんが婚約者の方がふさわしいとかあなたの価値観で振り回されるのは遠慮したい。

一度、それらの柵《しがらみ》を捨てて、きちんと私の仕事を見てほしかった。

いきなり大雅さんの子どもを産んで現れている時点で印象は最悪かもしれないが、仕事には持ち出さないで実力を見てもらいたい。

心配そうにロビーで待機していたマリアさんにお礼を伝え、「滝さんに、企画書を渡しました」と大雅さんに連絡した。

大雅さんは最初から、私の腕を買ってくれていたし、別に情に流されて仕事を依頼したのではない。私のために傍にいてくれているんじゃないかなって自信も持てた。だから私の企画書を見て、今までの言動を少しでも反省してくれれば今回はこれで私だって水を流す。それほど企画書は、叔父にも相談して完璧に作ったつもりだ。

『ありがとう。夜までには仕事を片付けておくから』

短いメッセージでも、幸せになれる。そんな相手は彼だけなんだ。

それから、三日。

大雅さんも忙しかったらしく、迎えに来てくれた日は薫人を一緒にお迎えに行くと再びエマにUターン。ゆっくり話す時間はなかった。

一応無理しないでねとは伝えているけど、薫人には会いに来てくれていた。

次の日もお互い帰宅時に連絡しただけであとは仕事に追われていた。

会えたのは、香水の成分表を渡すために彼の家の前で待ち合わせした三日後の夕方だった。

急いで車を飛ばしてくれた彼からは、煙草と香水のラストノートのシダーウッドの香りがして、疲れているのがうかがえた。

「お疲れのようですね」

「ああ。クリスマス前に時間を取りたいので頑張ってるよ。その前にゆっくり出かけたいしね」

「お出かけ?」

「ああ。イブは家族三人で出かけないか」

その言葉が嬉しくて頷く。

お出かけできるならば、今の繁忙期なんて全然苦にならない。

「滝はあれから平気か?」

「はい。私の企画書が素晴らしかったのか、叔父が監修だからか、陽菜さんのためか、あの企画から態度は軟化したんです」

たとえ態度が変わらなくても創立記念用の香水やハーブを使った化粧品を見れば実力を認めざるをえないはずだ。

「そうか。では懲らしめるのは半減しといてやろう」

後日、滝さんからお詫びの手紙と共に薫人用のおもちゃが贈られてきた。
これで私も今までのことは水に流して、普通にお付き合いできるのだと安堵した。

七、クリスマスイブ

クリスマスイブ。

仕事を早めに終わらせて、団子に結んでいた髪を下ろして、必死に整えて、眉毛を描き直し、リップを塗った。期待するかのごとくそわそわと落ち着かない。

さすがに叔父さんの家まで迎えに来てもらうのは断り、彼が駅まで迎えに来てくれることになった。

そして今日は三人でディナーに行く予定だった。子どもが遊ぶスペースのあるレストランらしい。

なのでお互い、仕事を片付けてから駅で待ち合わせすることになった。

白のタートルネックのニットワンピースに、ローズピンクのストール、一目ぼれした蝶が揺れるロングブーツ。薫人の洋服には時間もお金もかけていたけれど、自分の洋服にここまでこだわったのは初めてかもしれない。頑張って着飾ったから、少しそわそわする。薫人が寒くないか何度も確認したり、何枚も着せてぶくぶくになった姿で癒やされながら、薫人と共にロータリーをうろうろしてしまう。

忙しさで会えなくてたった数日。たった数時間前、仕事で会っただけでも嬉しかったけど、恋人として会えるのはもっと嬉しかった。

彼が迎えに来ると言うだけで、私はなぜこんなに落ち着かなくなるんだろう。

胸を締め付ける甘酸っぱい気持ちでいっぱいで苦しい。

「美月」

それでいて名前を呼ばれただけで、緊張してしまう。

「こっち」

「……早かったですね！」

急いで駆け寄ると、彼も微笑んだ。

「ああ、どんな反応するかなって楽しみで急いだ」

うわあ、恋人みたいな会話。

いや、恋人だった。

「お、薫人、そのコート温かそうだし可愛いな」

ウサギ耳のフードのロングコートを褒めながら、薫人を抱き上げてくれた。

「時間ぴったりですね。仕事は？」

「明日まで休みを貰った。急に滝が話のわかる人間になって不気味だった」

寒いので厚着させてぱんぱんになった薫人を抱きしめながら、大雅さんは嬉しそう。仕事終わりだからか、今日もスーツを着ている。薫人を抱っこしながら食事をして、こぼさないか不安になるな。

「そうだ。思い出したんだ、美月と会った二年前」

「え？　あの日？」

なぜ滝さんの話から、いきなり話が飛ぶの。

首を傾げる私に、大雅さんは今度は私の頭を撫でながらため息を吐く。

「海外赴任までに有休を使いきれと、うるさくてうるさくて。いざ一日だけ自由を貰ったら『せっかくお世話になっている取引先との会食を断るだなんて』と、前日に滝が勝手に入れていた予定をキャンセルしたことでぐちぐち言われてた」

「電話の内容を思い出したってことね」

「キャンセルした会食が、安曇さんとの食事会だったらしい。海外赴任の準備で忙しいと断るのにしつこい人のことは俺はすぐに忘れるし、取引しないと話したかもしれないな」

「なるほど」

『お前が休め、休めとうるさかったから自由にさせてもらったんだろ。何が悪い』

『つい、な。まあ明日には忘れるだろ。俺はそのつもりだ』

確かに、休めと言ったはずの滝さんに勝手に安曇さんとの会食の予定を入れられたら、あんな風に悪態をつくのも頷ける。

全部が繋がって思わず笑ってしまった。

「滝が電話してこなければ、美月は逃げなかったのに」

「二年前の電話ね……」

思い浮かぶのは、あの日の雨の匂いと煙草。そして――。

『今日くらい、羽目を外して何が悪いんだ。明日にはニューヨークに発つのに』

私が大雅さんの前から逃げ出すきっかけになった電話だ。

誰に電話をしているのかはわからなかったが、ニューヨークという単語に、頭が真っ白になったのは覚えている。

「でもなんだろう。今聞いても、全然平気です」

薫人を抱きしめて、私の横に並んでいるだけで幸せなので、過去のことはもう平気だった。

「俺も、今なら笑って話せるなと思った」

確かに私も、一人で薫人を育てようと思っていた時期もあった。

「ま、話はこれくらいで。予約しているから行こう」

「わー。薫人も楽しみだね」

人混みが多くなったので抱えて歩くと、大雅さんが手を差し出してきた。

今、こうして手を繋いで恋人として隣にいる。

二年前のすれ違いをこうも簡単に終わらせられるのは、幸せだからに違いない。

恋人として幸せならば、当時の誤解なんてもう忘れて、未来を向いているということだ。

手を繋いで歩く。噴水の中に映った私達は、誰が見てもきっと家族に見えるだろう。

レストランは、可愛らしい一軒家だった。駅から海辺までのパノラマビューを楽しめるし、海側は子ども達と遊べるスペース。テレビに絵本におもちゃ箱やピアノまである。しかも保育士免許を持ったスタッフが一人、常駐しているようで、泣き出したりトイレに立つ場合必要であれば補助してくれるらしい。

子ども用スペース完全装備なレストランを探してくれて本当に嬉しい。

食事が運ばれてくるまでそのスペースで、彼が絵本を読み聞かせしてくれた。薫人は普段から家の庭を走り回っているだけあって、スペースでは歩き回っていたけれど、絵本の時は静かに彼のお話を聞いていた。

食事は、子ども向けなだけあって可愛いものが多い。車海老のタルタルグラタン、カルパッチョ風サラダ、海の幸入りカボチャスープ、メインは鴨のローストか魚のソテーを選べるらしい。量は結構あったけれど、あっさり、さっぱりしていてパクパク食べてしまった。薫人には一歳用のメニューを事前にお願いしてくれていたらしい。お子様メニューを見た薫人が目を見開いて大喜びしていたのが可愛くて、それを見て幸せそうに微笑む大雅さんに調子を狂わされる。

「で、今日はちゃんと君に言わなければいけないことがあるんだ」

珈琲を一気に飲み干すと、彼は満腹でうとうとしている薫人の額に口づける。

「なんですか」

「歩こうか」

薫人はベビーカーの中で息を立てて、気持ちよさそうに眠ってしまった。

歩いて向かう先は、駅前のクリスマスツリー。

クリスマスイブなので、カップルで駅前は溢れ返っていてクリスマスツリーは遠目でしか確認できない。

けれど駅の前のクリスマスツリーを通り抜け、ホテルのロータリーの噴水の前で立ち止まった。するとと急に視界が明るくなって噴水横にライトアップされたクリスマスツリーが飾られているのが見えた。こちらはカップルが全くいない。飾られている飾りもアンティーク調で、ラッパを吹いている天使はちょっと薫人に似ていて可愛い。

「駅前より綺麗なのに、こちらは見に来てる人いないですね」

「ああ。俺が急遽、ホテル側にお願いして用意したんだ」

ちらりと見上げたホテルは、彼の会社の系列のホテルだ。

誰もまだ、ここにクリスマスツリーがあるのを知らないんだ。

彼は私の方へ向き直った。

「……大雅さん？」

「そう。そうやって信じてしまう美月が、純粋で可愛いんだ」

愛おしげに微笑んだあと彼は私の腕を引き、手のひらに小さな箱を乗せてきた。

「しっかり伝えないといけないから」

「え。……ええっ」

「開けてみて」

さすがに私でもこれが何なのか理解できる。

心臓が大きく跳ねている中、結ばれていた赤いリボンを引っ張って解く。

紺色のベルベットの小さなケース。開けてみると、中には夜に浮かぶ星のように輝く宝石がついた指輪だった。

戸惑う私から指輪の箱を奪うと、指輪を取り出し私の薬指にはめた。

私は、それを拒否できなかった。

「会社を継げと言われた二十七歳の時君に出会えた。ニューヨークにいた時からずっと、ああ、この子のためにしっかりした大人になりたいと頑張って今がある。来年、正式にエマの社長を引き継ぐことになる。忙しくなる前に、美月をパートナーにしたい」

帰国して数か月と言っていた。数か月で、十周年の記念パーティーの香水を私に頼んでくれた。

そして忙しい中、私のために時間をたくさん作ってくれていたんだ。

社長を継ぐってとてもプレッシャーがかかることだろうに、そんな不安を私に見せないでいつも笑顔だったし、少しこぼしてもすぐキザったらしく口説くからこのサプライズに気づかなかった。

「結婚しよう。俺に美月を幸せにさせてくれ」

飾りもしない言葉。なのに、宝石のように輝いて私の中に入ってくる。

臭いセリフではない。ありきたりな言葉なのに、胸が熱くて、頬が熱くて、身体が苦しかった。

「……大雅さんの幸せって何？」

私を幸せにしたいって、――じゃあ大雅さんの幸せは何。

私を優先して自分のことは後回し？

私だってあなたに幸せになってほしい。会社だって、私の小さな会社にこだわらず秘書の滝さんの助言も聞けばいいし。仕事が忙しいなら無理に毎日会わなくてもいいのに。私を優先してしまうあなたにたまらなく焦がれる。

「ああ、俺の幸せは美月がプロポーズを承諾してくれて、毎朝寝起きの悪い俺と薫人を起こしてくれることかな」

多くは望まない、ささやかな幸せだけでいい、美月がいてくれるなら。

耳元で囁かれた。そんなの反則だった。

私だってきっと、そう思ってくれる優しいあなたの隣にいるだけで幸せなんだから。

指輪をはめてもらった指先を見て、視界が滲んでくる。

たくさんの気持ちをくれる。極上の香りで私を優しく包み込んでくれる。

そんな彼に、私は同じぐらい気持ちを返せるだろうか。今まで貰った分、社長になると決めた彼を支えられるような女性になれるかな。

「……よろしくお願いいたします」

誰もこちらを見ていないのを確認して首を伸ばして彼に唇を寄せた。

掠めたのは頬だったけれど、それだけで茹で蛸みたいに体を熱くした。

好きだと自覚してから堕ちるまで早かった。けれどこんなに想われて幸せ。

抱きしめられ、彼の温もりに、彼の香りに包まれる。

ああ、好き。たまらなく好き。胸が苦しくなるぐらい好き。

どうやってこの気持ちを伝えていいのかわからないから、私達はきっと抱き合ってしまうんだろうなって背中の手に力を込めながら思った。


幸せの余韻に浸ったまま、私達は彼の家へ向かった。

今日だけは薫人は子ども用ベッドへ移動させた。

サイドテーブルには、輝く指輪が置かれ、二人の重さで揺れるベッドの上で私達は互いの服を、子どものように脱がせ合った。

ネクタイが上手く脱がせられなくて強く引っ張ると、首筋に顔を埋めて倒れ込む彼がちょっとだけ可愛かった。結局彼が片手で簡単に緩めて脱がすのを、惚れ惚れと見ていた。彼がシャツを脱いだ瞬間広がる香水と、香水と混ざった彼の香りに興奮する。

「今日のこと、二度と忘れないように香りが欲しい」

好き。好き。好き。この思いを絶対に風化させない自信はある。

彼の香りを自分に移したくて、香りごと抱きしめた。

「絶対に忘れさせるわけないだろ」

いや、香りだけじゃもう満足できない。

彼の言葉は私に優しく愛を囁く。彼の指先や舌は私の身体の喜ばせ方を知っている。

好きだとお互い口にするだけでは伝わらない。甘いだけじゃない。痛みも全て欲しい。

いつもくれる甘い言葉以上に心と体を蕩けさせる行為で、私達は今、繋がっている。


一説には、だけど。貴族や王族が婚姻関係を政治に利用された時、初夜にお香を焚いたという。恋愛感情のない政略結婚で、匂いさえも嫌いな相手と添い遂げるのは無理だ。

だから媚薬代わりに、好きな香を焚く。せめて好きな匂いに包まれようと。

香水の歴史の中に、媚薬が成功した話を私は知らない。

だけど叔父さんが作った『Serres-moi.』《抱きしめて》は、クレオパトラもこの匂いを嗅げば自分から抱きしめてと縋ってしまいそうな、媚薬にたりうる香水だったと私も思っている。

五感全てで彼を欲していた。

「……捕まえた、美月」

幸せそうに微笑む彼に、私は嬉しくて涙で滲む視界の中、自分から大雅さんに口づけたのだった。


シュッというライターの音で目覚めた。

目を擦りながら、隣に手を伸ばしてパタパタさせたけれど、仄かに残る彼の温もりしかなかった。

彼の家のベッド。私の家とは違う香りに包まれて、幸せでどこか恥ずかしい。

昨日は彼とずっと一緒だったのではしゃいでいた薫人は、まだ気持ちよさそうに寝息を立てている。

「大雅……さん？」

目を擦りながら起き上がると、指先に違和感に気づく。

薬指に、昨日テーブルに置いたはずの指輪がはめられていた。
きっと彼の仕業に違いないけれど、なんとベタなことをするのかと苦笑してしまう。
けれど幸せで、起きて一番に彼に抱き着いたのだった。

Side：櫻井大雅

本当は、薫人のことも考えれば美月と気持ちが通じた時点でプロポーズして入籍だけでもしたかった。

だが彼女のご両親をないがしろにしてはいけない。本来、俺にぶつけるべき怒りが、彼女にだけぶつけられてしまった。美月ではなく俺が責任を取らねばいけないことだ。

それだけはきちんと入籍前に解決しておきたかった。許してもらえなくても彼女に何も非はないので、せめて家族の関係を修復してほしいと願ったからだ。

だから美月には内緒にしていたが、ご両親には二度ほど会いに行っていた。

美月の叔父である石井さんから頼まれたのもある。

最初はよそよそしかったが何回目かの晩酌に付き合った時だ。

『うちの姉は潔癖なぐらい真面目な人間で、俺みたいにふらふらしたり学もないのに勢いだけで海外で仕事するような、いい加減な人間が生理的に無理なんだと思う。だから、お前達が順番を間違えたこと、美月が就活中だったことも考えると、なかなか素直になれないと思う』

美月のことを心配して、助言をくれていた。

『俺は別に姉に嫌われても問題はない。だが本当の親に拒絶されるのは悲しいんだと思う。あまり理解してやれねえんだけど』

申し訳なさそうに彼は言う。

『ただ本当に面倒なら放っておくだろう。姉も嫌いな俺に色々と美月のことを聞いてくる。心配はしているが、姉も葛藤しているんだと思う』

人嫌いで他人に興味がないとうちの親から聞いていたが、それがマイナスになり石井さんでは美月とご両親を取り持つことはできないらしい。

『わかりました。会いに行ってみます』

殴られる覚悟で会いに行ったが、相手がお世話になった『エマ』の息子だとわかったせいで、水をかけようとしている手が下がったのだけは覚えている。

美月の父親は落ち着いていて、俺の話を聞いてくれた。

まずは詳しい経緯は話せないが、俺に責任があると謝罪した。二人の間に誤解があったが愛情はあること、俺は絶対に彼女を幸せにしたいし責任を持つこと、今回のことは俺に全て責任があるので美月を許してほしいこと。

一度目は目さえ合わせてくれなかったが、二回目はきちんとテーブル越しに話を聞いてくれたので、理解してくれていたと願いたい。

心配だったが、クリスマスの薫人の誕生日は、美月のご両親揃ってやってきた。

けれど、なかなか中に入ろうとしない。

「抱っこしてほしいです」

家に入ってこない両親へ、美月が薫人を差し出した。

美月の父親は、薫人の顔と俺の顔を何度も見比べたあと、「そっくりだな」と笑いながら抱きしめていた。

「……お母さん」

美月が名前を呼ぶと、母親は気まずげに視線を泳がせていた。

「お前、そんな態度を取るなら今日は行かないと言っただろう」

父親に注意された母親に美月は少しだけ不安げな顔をしている。

手を伸ばした薫人を、美月の母親が涙を堪えながら抱きしめた。

「美月。クリスマスプレゼントに庭に叔父さんが滑り台を用意してたよね。案内してあげよう」

広い庭の奥にある、青いペンキに塗られたゾウさんの形をした滑り台へ案内した。

よたよたと歩く薫人は自分で歩きたいのか、ご両親が心配げに差し出した手を避けて階段を上る。

おろおろしている両親と登りきって満足顔の薫人、そして笑っている美月を見られてやっと心から安堵した。

美月が飾りつけたクリスマスツリーの下には、滝や俺、美月が用意したプレゼントが置かれている。

美月は、薫人の生まれた日の体重のぬいぐるみを作っていたらしい。

ご両親に渡して説明していた。まだまだぎこちない様子ではあったけれど、仲が改善していく展望が見えたので、薫人を抱きかかえながら俺も嬉しくなった。

ご両親から贈られたプレゼントは、室内で乗って遊べる車のおもちゃだ。

父親が車関係のお仕事をしているらしいので、車を好きになってもらいたいと考えたらしい。

慣れない空気感はあったが、美月の手料理を食べ、薫人と車のおもちゃで遊び、ケーキを食べた。一歳の薫人のケーキはくまの形をしたホットケーキで、本人が豪快に手で掴んで食べているのを見て、一同で笑った。

薫人がお昼寝に入った頃、婚姻届を広げてご両親に証人になっていただいた。

そこで三人で一緒に暮らしたいことも伝え、二人でもう一度謝った。

「彼女は素晴らしい人です。仕事も子育ても、とても尊敬しています。絶対に幸せにするので、よろしくお願いします」

深々と頭を下げると、美月のご両親も頭を下げてくれた。

そのあと、気まずそうにしていた美月の母親が薫人の寝顔を見ながら『たまには頼りなさい』と言い、美月が泣いていたのを見て、安堵した。すぐには無理でもゆっくりでいい。二人が帰ったあとに、「ありがとう」と美月から抱きしめられた。

また元のように連絡を取れるよう、俺も力になりたい。

これでさらに一歩前に進めるといい。美月が悩むこと全て、一緒に解決できるよう打ち明けてくれるよう、頼られる旦那になれるように頑張りたいと思った。

八、ケダモノ・プルースト

クリスマスの日、私は今日、この人に愛されて本当に良かったと心から幸せを感じた。

それから年が明けてすぐに、創立記念パーティーが開かれ、私と薫人も招待された。依頼されていたこの日の記念香水は招待客に配られる。

月下美人の花の花びらを浮き立たせたボトルは、淡いピンク色のボトル。『ルナムーン』。

これは以前訪れたハーブ園で人気のお花を勉強し、実際に見せていただいたので月下美人をヒントに作ってみた。

香料は、ハーブ園の工房で作られたエッセンシャルオイルを使っている。アロマティックハーブと月下美人の匂いは、上品で透き通るような匂い。甘過ぎず、ハーブに匂いも強く感じられず、苦手な人も気にならないと思う。

トップノートにバジル、グリーングラス、アップル・ペパーミント、ローズマリー、ミドルノートに月下美人、ハイビスカス、ローズ、オレンジフラワー、カモミール、ラストノートにベチバー、シダーウッド、オークモス。

トップにフルーティーな甘さの中に、ハーブの落ち着いた香りで優しい甘さにして、ラストで木々を思わせる落ち着いた香りでまとめてみた。

エマのサロンで使っている香りやハーブ園のハーブを中心に調香している。男性が使っても違和感のない爽やかな甘さの香水になったと思う。

ボトルはダイヤモンドカット風に月下美人をガラス瓶の中に彫ってもらっている。シンプルなデザインだけど、ラインストーンで作っているので、少し動かすだけでキラキラと輝き、ため息が出るくらい美しい。

このボトルは創立記念パーティーで配るもの。

来月から販売する時は豪華さは消えて、透明なボトルで販売されるらしい。

薫人はキラキラ輝く香水のボトルに夢中だった。


都内にある高級ホテルの大ホールを貸し切って行われた創立記念パーティー。

ホテルに次々とリムジンで乗りつけてくるのは、各界の名だたる著名人達。

『エマ』のイメージモデルを務めた歴代モデル、女優、ＶＩＰ会員の芸能人達が続々と大ホールに案内されている。『エマ』のオープニングスタッフだった母も招待されていたが、あまりにも豪華な招待客に驚き、薫人のお世話ばかりして招待客の方を見ないようにしていた。

でも一番注目されていたのは、叔父さんだった。

日本で隠居していたはずのISHII NARIHIRAがタキシード姿で花束を抱えてやってきたのだから、叔父を知っている人達は息を呑んで静かになっていた。

お近づきになりたいが人嫌いで名誉や権力に興味がない人だから、どうやって話しかければいいかもわからない、それでも近寄りたいという人達の視線が叔父に集まっている。

確かにこんな状況ばかりだと、叔父さんも人と関わるのが嫌になるかもしれない。

「叔父さん」

会場には別々に入ったし、もし私がISHII NARIHIRAの姪だとわかれば利用されるかもしれないと叔父は懸念していた。

でも私はもう利用されるつもりもないし、傷つくつもりもない。

なので会場で注目を浴びても気にせず、叔父さんに駆け寄った。

「薫人は一歳なのに人に酔わないでお利口だねえ」

「酔わないのがお利口なの」

思わず笑っていると、私の横に滝さんが怪訝そうな様子で現れてしまった。

「エスコートもなしに来たのですか」

「……滝さん」

よりによって、なんで大雅さんじゃなくて滝さんがここにいるの。

「飛行機が遅延して、櫻井社長達と前日に顔合わせだったのが流れたらしいな」

「う。さすが秘書。知ってたんですね」

実は、正式に挨拶をしたいと、大雅さんが間を取り持ってくれて、今日、挨拶の時間を作ってくれていた。

なのに、昨日、ニューヨークは台風に見舞われ、今日も開始ギリギリにこちらに到着するとか。

「母親がエマのオープニングスタッフで、叔父が日本を代表する調香師なのに、君は庶民的で、トンビが鷹を生むの反対で、不貞の息子や、瓜の蔓に茄子はならず？　いっそ親の七光り？」

「もう。なんなんですか」

こんな煌びやかなパーティーでまで、人をけなさなくてもいいのに。

「つまり、櫻井社長達に、以前会った時に言っておいたんだよ」

「何……？」

「大雅の選んだ女性は、驚くほど庶民的な人だけど、芯があって強い人で、悔しいけれど仕事ができるってね」

「……え」

「さ、俺は自分の持ち場に戻ります」

「ちょ、滝さん？」

「ああ。企画書も完璧でしたね」

「あの」

褒めていただけるのは嬉しい。認めてくれたのも嬉しい。

が、私が彼の後ろを指さすと、つんつんしていた彼の顔が真っ青になった。

それもそのはず。滝さんの後ろには滝さんの憧れているISHII NARIHIRAが、花束を持って不服そうにしていたのだから。

「君か。俺に仕事をしたいと連絡を取りたがっていた若者は」

「うわ、あの、そう、ですが」

「姪っ子にそんなこと言うやつはどうしようかなあ」

叔父に意地悪されたじたじの彼は、私に助けを求めて視線を送ってきた。

「良かったですね。叔父とお話しできて」

わざと気づかないふりをして、笑ってその場を立ち去った。

今までの意地悪への意趣返しみたいで、ちょっとだけ自分に笑ってしまった。

「美月」

人混みを掻き分けて、彼が私に手を振る。

開始前のステージではオーケストラの演奏が始まりしっとりした甘い音色の中、私の前に現れた。

「大雅さん」

今から彼は、パーティーのお礼の言葉のあとに、正式に会社を継ぐことを公表する。

それに合わせて私は明日『櫻井美月』になる。

今日の夜、ちゃんと大雅さんのご両親に正式にご挨拶してから、婚姻届を提出する。

そしてもう薫人の通う保育園のことも考え、三人で住む新居へ引っ越している。

叔父の庭には負けるけれど、叔父が作ってくれた滑り台が置ける庭のある一軒家を借りた。

彼や私の勤務先や、薫人の通う学校のことも考えて家を買うのはまだ先のことなので、日当たりの良さだけであの一軒家を選んだ。

小さな花壇があるのでお花を植えるのが今から楽しみだ。

勢いで決めて引っ越したので仕事がお互い忙しくて、まだリビングと寝室しか片付いていない。

創立記念パーティーが終われば、少しは時間ができるはずなので、家具を買ったり必要ものを揃えていかないといけない。

ただずっと私達を守ってくれた叔父の家から引っ越すのは、とても寂しかった。

私がいないと硬いパンばかり食べて、栄養なんて考えない食事ばかりになりそうだもの。

それでも三人で暮らすことに一番背中を押してくれたのも叔父さんだから、これ以上は心配かけないようにしなければいけない。


「媚薬にたりうる香水は作れるのだろうか」

「嗅いだ人の理性を失わせてしまうような、まるで媚薬のように甘く魅了する香水は作れるのだろうか」

冗談交じりでそう言った人は、世界有数ブランドで専属パフューマーをしていたISHII NARIHIRAだ。

一説には、だけど。貴族や王族が婚姻関係を政治に利用された時、初夜にお香を焚いたという。恋愛感情のない政略結婚で、匂いさえも嫌いな相手と添い遂げるのは無理だ。

だから媚薬代わりに、好きな香を焚く。せめて好きな匂いに包まれようと。

香水の歴史の中に、媚薬が成功した話を私は知らない。

叔父さんが作ったその香水が媚薬になりえたのだろうか。

私は、叔父さんが作った『Serres-moi.《抱きしめて》』は、クレオパトラもこの匂いを嗅げば自分から抱きしめてと縋ってしまいそうな、媚薬にたりうる香水だったと思っている。

【プルースト効果とは、嗅覚や味覚を引き金に過去の記憶が呼び覚まされる現象のこと】

二年前の大雅さんの匂いを思い出しては恋い焦がれていた。

二年前、叔父さんの作った媚薬代わりの香水を嗅いだ。

そしてお互いの香りが媚薬のように相手を興奮させるのなら、私達はきっと本能的に相性がいいのだろうと思う。

彼は私に支えられていると言ったが、支えられたのは私だった。恋い焦がれる甘い香りを感じながら幸せに包まれる。

そんな日々をこれからも望む。願わくは、私達の未来に幸あらんことを。

今にも飛びついて、抱きしめたいぐらい幸せに満たされながら、彼を見る。

帰ったら早く互いの温もりを求め、香りに包まれながら抱きしめたい。抱きしめられたい。

薫人と三人で、一緒の家に帰ろう。あなたの香りを早く抱きしめたい。

世界中で一番の幸せを感じながら、私は今日も彼の香りを求める。

大喝采の中、彼がステージから降りてきた。彼の来年の社長就任について、皆から温かい拍手で迎え入れられたのだ。

「やはり息が詰まるよな」

スピーチを終えて苦笑しながら彼が私の隣に戻ってくる。その姿を無意識に目で追ってしまっていた。

「そんな風にじっと見られたら、可愛いんだけど」

「……ちょっと格好良かったの。スピーチ姿！」

悔しくて、手に持ってきたチーズや生ハムが載ったクラッカーを食べながら唇を尖らせる。実は緊張していて、手に色々持っていないと、手が震えてしまいそうだったんだ。

「俺もだよ。ステージから見えた美月が可愛かった」

照れもせずにそんなことを言っちゃう彼に、顔が綻ぶ。

大丈夫。もう二度と焦ったり間違えたりしない。

薫人のためにも、今度こそ三人で幸せになろうと誓う。

＊＊＊

創立記念日パーティーの次の日、私は少しだけ寝坊した。

急いで洗濯物を回し、ご飯の配膳を済ませて、二人を起こしに行った。

「……大雅さん？」

朝、誰よりも早く起きた薫人に付き合って庭で遊んでくれたのだけど、二人は二度寝した。

だからゆっくりしてもらおうとご飯のギリギリまで眠ってもらってたけど。

「ぷっ」

慌てて口を押さえたけど駄目だ。薫人と大雅さんが両手を上げて全く同じポーズで眠っていた。

すぐに写真を撮ると、クスクスと笑う。ああ、こんな日常も素敵だ。

……愛しい。

起こしたくなくて二人のお腹に布団をかけた。

無防備に眠っている二人がたまらなく愛おしくて、この時間が永遠に続けばいいのにと思ってしまう。

どうして、いつの間に、こんなに気持ちが溢れてきたんだろうか。

「……限界だな」

「ふぁ!?」

「俺の顔に穴が開く」

手を掴まれ、強引に彼の胸に飛び込む。

眠っていた薫人が、片目を開けたけれど、まるで小さなため息のように息を吐くと再び寝息を立て始めた。

それを見て私達二人も声を殺して笑ったのだった。

Fin

後日談　花明かりのデート

祭囃子《まつりばやし》が聞こえてくる。

散らばった星がうっすらと輝き出すのを見上げていた。

「美月」

彼の声に振り向くと藍色の甚平《じんべい》を着た彼が団扇《うちわ》を振りながら私の方へ駆けてくる。

そして私の姿を上から下まで眺めたあとに、甘く微笑む。

「美月は水色も似合うな」

「もー。選択を増やさないでよ」

彼の藍色の甚平に合わせて、私は白藍に染め目が冴えるような赤色の金魚が泳いでる柄の浴衣。

選択先を増やす云々は別の話なので置いておくとして、私もこの浴衣は気に入っている。

母が張り切って箪笥《たんす》の中をひっくり返す勢いで浴衣を並べて選んでくれた。

彼の甚平も私の両親からのプレゼントだ。

今宵は桜祭り。

実家の近くには桜雲が美しく広がる神社があり、三月の終わりから夜桜のライトアップが始まり、葉桜になる四月頭まで見頃。桜祭りはライトアップされた桜を屋台や提灯が揺れる道から眺めて楽しむお祭りだ。

うちの両親が薫人を預かるので、二人でゆっくり回っておいでと急遽行くことになった。

お昼に両親が薫人とたくさん遊んでくれたおかげで、ぐっすり眠ってくれている。離乳も終わっているのでこのまま朝まで起きてこない。

私達にとっては急遽だったけれど、母は計画していたのか私と大雅さんの浴衣と甚平を準備してくれていた。

「いつもと違う香りがするね」

隣に並んだ途端、そう言われたので嬉しくて大きく頷いてしまった。

「さすが、大雅さんです。母がお香を焚いた部屋に一日干してくれていたらしくて、香水はつけなかったんです」

「へえ、確かに仄かに香る感じだね」

「白檀《びゃくだん》の香りなので、お線香で嗅いだことある香りですよね。なので強くならないように仄か程度に止めておきました」

でもお香を焚いた浴衣なんて趣きがあってお気に入りだ。

新品の甚平の香りも悪くはない。大雅さん自身の香りには負けるけれどね。

私が恐る恐る大雅さんの手を握ったら、強く握り返してくれたので彼の顔を見上げる。

「母が私のために箪笥の中身ひっくり返して、私に一番似合う色を選んでくれたんです。で、何枚か私に持って帰るようにって」

「良かったね。そういえば、薫人の保育園の夕涼み会も浴衣推奨って言ってたからちょうどいいね」

「そうみたい。薫人のために父の着ていない服をリメイクして作ってくれるって」

両親の張り切りように、一度は薫人を産むために距離を置いたのが嘘のようだ。

それに私が薫人ぐらいの時期からすでに厳しい人だったのに、母は薫人には甘い。

薫人が泊まりに来られるように私の部屋に低い家具やおもちゃ箱を置き、階段にはバリケードや手すりまで付けている。クローゼットに追いやられた私物は暇を見つけて整理しよう。

「じゃあ今日はデートだね」

「デートっ」

私達のデートと言えばちょっと高そうなレストランで食事は何度か行ったがそれぐらいだ。それ以降は水族館。この前はお弁当を作って動物園、その前はちびっこプール。

自分達が楽しいというより薫人が楽しんでくれるお出かけスポットに行くことが増えていった。上手に歩けるようになったので次はボール遊びができる芝生がある大きな公園へ出かける予定だった。

家族で出かけるのが楽しいので、二人っきりのデートは久しぶりと言えば久しぶりだ。

「いつも頑張ってる美月に何かプレゼントとかしたいって思ってたから、こうしてゆっくりデートしながら話ができるのはいいな」

「プレゼント？　私だっていつも感謝してるのに」

香水のプレゼントはバレンタイン時期に増えるので、クリスマスに両親と和解後、『エマ』での十周年パーティーを終えてすぐに繁忙期だったけど、大雅さんが薫人を迎えに行ってくれたり食事を用意してくれたりしてくれて助かった。

叔父も無計画な部分があるので振り回されるのは慣れていたけれど、大雅さんが全部カバーしてくれようとするので今回はかなり気を付けて無理なスケジュールにしないよう、早めに動けたのも良かった。

感謝しかないのに、プレゼントなんて考えてくれていたんだ。

欲しいものはもうこの手で繋いでいる。

なりたかった職業にも就けて忙しいけれど楽しい。

欲しいものなんてパッと浮かばない。強いて言えばだけど。

「今日は独り占めできれば、それでいいかな」

手を繋ぐのもいいけど、今日は大胆に腕に抱き着いてみた。

花明かりの下、カップルが多過ぎて私が大雅さんの腕に抱き着いてデートしていても誰も気にしないだろう。

「……俺も今日は独り占めしたいと思っていた。好きなもの買って食べて楽しもうか」

指さした先の屋台に視線を移して、私も大きく頷いた。

わたあめ、いちごあめ、焼きそば。

ゆらゆら泳ぐ金魚は横目で見るだけにした。可愛いし薫人も喜びそうだけど、お世話も簡単ではないしね。

射的で薫人に大きなぬいぐるみを取ってあげたいと大雅さんが頑張ったのだけど、頑張り過ぎてぬいぐるみと隣に置いてあったオイルライターも一緒に落ちた。

花札の花見でいっぱいの絵柄で、ちょうど桜祭りにぴったりだ。

「オイルライターって手入れが大変なんだけど、いいね、これ」

普段使っているライターより見た目はおもちゃっぽいけれど、記念に飾るのも可愛い。

「水笛をお土産にして、薫人が好きそうなおもちゃがあったからおみくじもしてみようかな」

私がおみくじを指さすと、大雅さんが破顔した。

「俺達、結局薫人のことばっかりだ」

「確かに」

ついつい薫人のことになってしまう。

駐車場に戻って、遠くの祭囃子を聞きながら車の中で購入したものを並べた。

ファミリーカー用に購入した大きな車だしキャンプもしてみたいと折り畳みのテーブルも購入していたので、座席を倒してずらしてテーブルを置いた。

花明かりを眺めながら焼きそばと追加で買ったイカ焼きやラムネを並べる。

お土産のわたあめとぬいぐるみと水笛、そしておみくじで当たったハズレの水鉄砲をチャイルドシートの上に載せたらぎゅうぎゅうだ。

ラムネなんて飲むの何年ぶりだろうか。

どれもこれも楽しくて、ラムネの中のビー玉を鳴らして微笑んでしまった。

「今度はお昼に三人で来ようか」

「そうだね」

それもきっと楽しめそう。

今もとても楽しいのだけれど、薫人が屋台を見て目を輝かせる姿も楽しみ。

「でも二人で行きたい場所も考えてよ」

「三人？」

「デート。これからもたくさんしたいから」

色々と遠回りしたし順番がめちゃくちゃだったので、デートは確かに回数が少ない。

行きたい場所。

「きっと大雅さんと行くならどこでも楽しいんだろうな。今日もとても楽しいんだもん」

どこがいいかな。薫人がいたら危ないからって行けなかった場所とかかな。

そういえば、叔父の代表作の香水を作ったブランド店には行ってみたいかな。香水の瓶の装飾は店内に合わせているらしいので、行ってみたい。叔父と一緒に行けば接待されてしまうし、私一人で入るには敷居が高かったので、大雅さんと一緒なら怖くないかも。でも行ったら行ったで、高級品を大雅さんが購入しそうだから行く前にきちんと断っておかなきゃだよね。

うーんと唸っていたら、彼の手が伸びてきた。

ふと視線をそちらに向けると、伸びた手は私の髪を撫でた。

「あまり可愛いことは言わないで」

名残惜しそうに髪を撫でた手が、頬を撫でる。

そして唇を指が這ったあとに、彼の顔が近づいてきた。

車内で広がる屋台の香りの中、白檀の香りが鼻を掠める。

彼の甚平にも仄かに白檀のお香が焚かれていたんだね。

彼の体温と香りを感じつつ、甘く蕩けるような口づけを交わす。

やっぱり何もかも完璧で、そんな彼と触れ合うと幸せで満たされてしまう。

本音だよ。

どこにいても何をしていても、大雅さんが隣にいるだけで幸せなんだ。

車の窓から見える花明かりと落ちていく花びらを視界の端に確認しつつ、私も自分からキスをした。

「食べ終わったら、もう一度出店を見に行こうか」

「え？　まだ見たいものありました？」

薫人のお土産はもう山ほど購入している。

「うん。一緒に金魚を捕まえてほしくて」

「金魚？」

「ん。気になってただろ」

すごい。

確かに薫人に見せてあげたいと思ったけれど、横目で見ただけのつもりだったのに、本当に私のこと、よく見てくれている。

「私、金魚すくいしたことないの。だから楽しみ」

「だったらなおさらだね」

急いで焼きそばを平らげる私に、彼はくくっと声を押し殺して笑っている。

楽しみ。

「屋台の金魚って長生きしない場合が多いから、うちの母が絶対にやらせてくれなくて」

「そうみたいだね。でも大丈夫。金魚を鯉に育てたこともあるベテランの滝がいるから」

「えっ滝さん？」

食べ終わったゴミを一つにまとめながら、大雅さんは何か思い出したかのように笑いを堪えながら頷いている。

「昔、金魚は大きくなると鯉になるって父親に言われたらしくて、それを信じて大切に育てていて詳しいんだよ。滝の家の庭には立派な鯉が泳いでるんだけど、滝が世話してるらしい」

「へえ。意外と可愛いところがあるんですね」

滝さんのこと何も知らないけど、あのしかめっ面で鯉の世話をしてるのか。

薫人と遊んでた時も、小さくて怖いからって座ってしか抱っこできてなかったし。

会話も弾まないので薫人も一人でおもちゃで遊び出してあわあわしてた。

「まあ信じてたら現実になるんだよ」

車のドアをスライドさせて大雅さんが手を差し伸べてくれた。

その手を掴みながら降りると、大雅さんも懐かしそうな表情を浮かべていた。

色々あったけれど、彼は仕事や憧れる調香師のために暴走していただけで今は私の仕事も認めてくれているし、態度についても謝罪はあったしね。

「現実にって金魚が鯉になったの？」

「なった。毎年金魚すくいしてたら、髭が生えている金魚がいたらしくてそれを捕まえたら鯉になったんだって」

「へえ。なんだか可愛い。何年も挑戦したのかな」

クスクス笑いながら、もう一度花明かりの下、屋台へ戻る。

いいな。

こういう大雅さんと二人だけの時間。

薫人は大好きだし大切な存在だけれど、たまには彼を独り占めしてもいいよね。

彼の幼い頃の話や、滝さんの聞かれたくないだろう小さな頃の失敗談やら、ニューヨークでの仕事の話。

私はまだまだ彼や彼の家族や親戚のことでは知らないことが多い。

「俺も滝の家にあった金魚鉢の金魚が綺麗で、飼ってみたいと思ってたんだよね」

「わかります！　金魚鉢って可愛いし綺麗でいいですよね」

金魚すくいの屋台の前に行くと、他のお客様がいなかった。

二人でポイを貰って泳いでいる金魚を眺めた。

「どの色の子がいい？」

「黒の出目金。でも自分で頑張りたいです。大雅さんは？」

「うーん。この赤に黒の斑の子か、定番の真っ赤な子かな」

二人でお気に入りを選ぶも、すぐに泳いでいくのでどの子かわからなくなって笑ってしまった。

端に追い詰めてゲットした黒の出目金と真っ赤な金魚。屋台のおじさんが『カップルにはおまけだよ』と好きな金魚を一匹選んでいいと言ってくれた。

「カップルですか。夫婦なんですよ、俺達」

嬉しそうに話す大雅さんに、頬が熱くなる。いや、気づいたら顔中熱くて両手でパタパタと仰いでしまった。

三匹目は赤色と黒の斑模様の小さな子。

三匹ぶら下げて帰ると、家族みたい。

「美月は水色も似合うけど、やっぱ黒とか赤もいいなあ。でも優しい色の方が似合うかな」

また。

また勝手に悩み出したな、と諌めるために軽く睨むと頭をポンポン撫でられてしまった。

これ以上は選択先を増やさないでと伝えたのに。

「悪かったよ。何色も似合う美月が悪いんだ」

「何を言ってるんですか。全く」

これは早く決めなければ、色々と彼が一人で暴走してしまいそう。

そろそろ帰宅しないと車が混雑するので再び駐車場へ戻る。

「まあ、似合う色はたくさんあるけど、美月が一番着たい服でいいからな」

そう。彼がずっと色について言及しているのは、近々家族写真と結婚記念写真を撮ろうと計画しているから。

彼は私に純白ドレスとカラードレスと色打掛全て着てほしいらしい。

そもそもうちの両親は今からでも挙式や披露宴をしてほしいらしいが、彼のご両親は本人達がしたいようにするのが一番。まあ会社関係を呼ぶと大掛かりになるし大変だろうから、仲間内でパーティーぐらいしてもいいんじゃないのかって程度。

私の両親は一人っ子同士なので親戚はほぼゼロ。それに対して大雅さんの親族は全国にホテルを経営している一族だし、身構えてしまう。

一応、良くない噂が流れないように、お義母さん達が親戚にはニューヨークへ行く前に婚約はしていたことにしてくれていた。海外支社で多忙だったので落ち着いてから挙式や入籍予定だったが授かったので、子どもを優先に行動したことにしたとも。

だけど今更挙式も披露宴も、私も彼もピンと来てないので、とりあえずは家族写真と結婚記念写真は撮ることにした。

撮ったあとに、気持ちが変わるかもしれないしね。

一応、あの初めて出会ったお屋敷の庭で一日かけて撮る予定。

友人にブライダルドレスをオーダーできる会社で働いている子がいるが、レンタルできるドレスもあるし出来上がっているドレスにオーダーして装飾をつけて自分だけのドレスを作れたりするとも教えてくれて、一度試着させてもらいに伺った。

するとそのフロア一面にカラードレスと純白ドレスが飾ってあった。全国に支店があるので、その支店にしかないドレスを希望する場合はお取り寄せもできるらしい。ウエディングベールもヒールも装飾品もたくさんある。それに加えてまだ色打掛は何も見ていない。

忙しくてまだ一度しか行けていないが、早く決めなければ私ではなく彼が悩んでショートしてしまいそう。

「そうですね。薔薇を散りばめた赤いドレスがいいかなって思ってるんです」

「お、そうなのか。だったら決めやすいね」

嬉しそうな彼の顔に私も頷く。

「あの庭で撮影するなら綺麗な薔薇のドレスがいいんです。きっと雨が降っても素敵なので」

「確かに。君が着るしね」

色々と悩んでくれていて嬉しかったけれど、私も悩んだ末、似合わなくても薔薇がいいなという結論になった。

次の試着が楽しみだ。

金魚を慎重に持ちながら、車に乗り込んで携帯を取り出す。

母から何枚も薫人の寝顔が送られてきていた。

実家に帰るとメールで連絡すると『薫人が車の音やあなた達の音で起きるでしょ。明日の朝、迎えに来なさい』と返信が来た。

その返信に笑ってしまう。

薫人に甘いのか、私達に素直に言えないがたまにはゆっくりしなさいと言いたいのか、私の母は本当にわかりにくい人だ。

大雅さんに伝えると、彼も想像したのか笑っている。

「じゃあお言葉に甘えて、今日はこのまま帰ろうか」

「はい。今日はずっと大雅さんを独り占めしますね」

「ああ、俺も」

蕩けんばかりに嬉しそうな彼の顔、そして甘い声。

信号で止まった時に、唇を重ねてきたので私も彼に抱き着いた。

今日はうんと甘えて、独り占めしたい。

それは大雅さんも同じ気持ちだったみたいで、帰宅するや否や、抱きかかえられた。

彼の肩に桜の花びらが一枚、乗っていた。

花明かりの下でのデートは最高に楽しくて、次はどこに行こうかなって悩みつつも
私も目の前の彼に思いっきり抱き着いた。

今日だけは白檀の香りに包まれて、私だけの彼と甘い夜。

Fin

番外編　宝物に囲まれて

六月の某吉日。

あの初めて出会った庭で、結婚記念写真の撮影日。

彼は白のタキシード姿で、黒のタキシード姿の薫人を抱っこしながら庭の花を見せている。

私は友達が働いているウエディングドレスのオーダーメイド会社『HOchzeit《ホッホツァイト》』で急遽無理して作ってもらった真っ赤な薔薇のドレスを着て、提携しているカメラマンとメイクさんを従えて化粧直し中。

雨も降らず暑くもなくいい天気だ。

真っ赤な薔薇のドレスは、皺で薔薇を作っているので、薔薇が咲き乱れているような美しさ。ネイルも赤、イヤリングやネックレスと真っ赤なヒールはレンタルだけれど、このドレスに似合っていて気に入っている。

純白のドレスは汚れ防止のために屋敷の中で撮影することにした。

屋敷の中もアンティーク調な家具や装飾が美しいので、撮影は楽しみだ。

六月になると咲き誇っていた薔薇が散り始めていて、煉瓦の通路は薔薇の花びらで埋め尽くされている。

恐る恐る歩くと、カメラマンさんが連写しながら褒めてくれるしポーズの指示をくれるけど、あくまで結婚記念写真なので私メインではなく二人で撮ってほしい。

「ママ、綺麗だな。そう思うだろう、薫人」

「もー。薫人に変なこと言わないで」

でも大雅さんがこの調子なのでしょうがない気もする。

「ほら、薫人は叔父さんと中で待ってような。桃太郎のＤＶＤあるぞ」

叔父さんなんて普段着の黒いシャツにジーンズ姿で手伝いに来ている。

本当は薫人と一緒に写真を撮ってもらおうかと思ってたけど、写真嫌いだしね。仕方ないかな。

今日は母の代わりに薫人を見ていてくれるらしい。

保育園に預けようかと思っていたが、せっかくの結婚記念写真なので傍にいさせてあげればいいだろうと、お世話を引き受けてくれた。

両親は二人の時間だから、色々邪魔したくないと自分達の小言の多さを自覚しているらしく自重してくれた。

今の母ならそこまで私も気にしないけれど、お互いいい関係でいるのはこのくらいの距離でいいのかなと、最近は距離感もわかってきた。

「本当だぞ」

屋敷に入っていく叔父と薫人に手を振りながら、大雅さんは真面目な顔で言う。

「本当に世界で一番、美月が綺麗で可愛い」

「まっ」

恥ずかしがる様子もなく言ってのける。まあそんな大雅さんだからこそ、再会しても大きくすれ違うことなくこうしてわかり合えたんだよね。

私の勘違いの方が大きかったし、就職難で視界も狭くなっていて心に余裕がなかった。

言い訳はたくさん出てくるから、もう言わない。

今はこうして彼の隣にいるこの時間を大切にしたい。

「た、大雅さんも世界で一番素敵です」

「お、えっ」

なんでそこで驚くの？

驚いて顔を赤くした彼が、口を手で覆い隠している。

自分の方がたくさん言うくせに、不意打ちには弱いのね。

「今度から私もたくさん言うことにします。大雅さんってば薫人の前でそんな慌てるつもりですか」

「いや、二人っきりの時以外はそんな可愛いことなかなか言わないから油断してただけだ。たくさん言ってくれて構わないぞ」

「じゃあ取りたいポーズがあるんです」

カメラマンさんも呼んでポーズを指定した。

座っている彼を後ろから台に乗って抱きしめるポーズ。

今日はレンタル衣装なので香水はつけなかった。

だから今日は彼の香りをたくさん嗅ぐことができる。

本人に言うと変態だと引かれてしまうかもしれないので、このポーズで楽しむことにする。

何度も色んな角度から撮影しつつ、しっかり嗅いでしまいました。

香水を自分の香りにしてしまうのもさすがだけど、彼はそのままでもいい匂いってことね。

「美月。バレバレだからね」

「ん？　なんですか」

「君の考えてること」

抱き着いていたけれど、彼が後ろを少しだけ振り返って横目で私を見ている。

内心焦っていたけど笑顔で誤魔化しておいた。

私は超がつくほどの匂いフェチだから今更かもしれないけれど、引かれたくない。

「まあ隠しきれてないけど、可愛いからいいよ」

そんな言い方ずるいよね。それならもっと直接ダイレクトに嗅がせてとか言ってしまいそうだ。もちろん、我慢するけどね。

「次は俺のしたいポーズだね。こっちおいで」

彼に誘導された場所は、噴水の前。

天使の持つ壺から水が流れる噴水に、薔薇の花びらが水面に浮かんでいる。

その噴水の縁に彼が座ると私をお姫様抱っこした。

「腕を首に巻き付けて、カメラの方へ微笑んで」

「あはは。大雅さんも案外ロマンチックですね」

でもそうか。ライトアップされたクリスマスツリーの下でプロポーズしてくれるような人だ。ロマンチックで当たり前か。

色んなポーズで撮られながら、どさくさに紛れて彼の頬にキスしてみた。

カメラマンさんからも大好評で、そのまま何枚も連写されてしまったのだった。

午前中はカラードレスの撮影で終わり、お昼の食事前に着替えてお昼から純白ドレスの予定だ。

セットが壊れないようパーカーに着替えて食事をした。

叔父が頼んでくれた食事は、一口にカットされたサンドイッチで、食べやすいし薫人も喜んでいた。カメラマンさんとスタイリストさんにも差し入れしてくれていた。

「薫人。叔父さんと何してたの？」

「もも――」

桃太郎のDVDをそう指さすので、大人三人はサンドイッチを噴き出さないように我慢しながら笑ってしまう。

ちょっとだけ会話が通じてそうな言葉が出てくるようになったので嬉しい。これからが楽しみだ。

「純白ドレスの撮影の時には、薫人も撮影するんだろ」

叔父さんがきゅうりとレタスを避けて食べようとしていたので、手をぱちんと叩いて睨む。渋々やめて口に入れたけれど、野菜だけ取って食べようなんて、薫人が真似したらどうするの。

「そうね。薫人が飽きなかったらそうしたいね。撮影用にお人形とかおもちゃとかも持ち込んだし」

「まあ撮影用のスタジオ並みに綺麗な屋敷と庭だから、撮るのは楽しいだろうな。手入れが行き届いていてすごい」

「ね。叔父さんの家の伸びまくったハーブが生い茂った庭と大違いよ」

「違うね。あれは伸びきってるのではなく俗世から隠れる隠れ蓑よ」

まあよく回る舌だこと。半ば呆れるように感心したが、大雅さんは笑っていた。

簡単な昼食を済ませて、純白ドレスに着替えてメイクも変更していたら、門の施錠音が聞こえてきた。

車のエンジン音もする。大雅さんと薫人の声も聞こえてきて、私も窓から下を眺める。

なんだろう。結局、私の両親が我慢できずに見に来たのかな。

それとも『一日や二日、社長がいないぐらいで経営が傾く会社ではないだろ』と、結婚記念写真ぐらい有休でもなんでも使ってゆっくりしろと言っていた滝さんかな。

ニューヨーク支社が気に入って永住しようとしている義両親が来るとは思わないし。

「マーマー」

薫人の興奮した声に、メイクを終わらせて下へ降りると、一階のホールに大きな机が置かれ、そこに三段のウエディングケーキが飾られていた。

「どうしたの、これ」

三段のケーキを見ると、飴細工の薔薇の花びらが散らばっていて、水色のクリームが雨が溜まったように浮かんでいる。

雨の日に咲き誇る薔薇みたいなケーキだ。

「とても綺麗っ」

驚いていると薫人を抱きかかえたまま大雅さんが隣にやってきた。

「どうやら、うちの両親とISHII NARIHIRAさんからの差し入れらしい」

「そうなの？　叔父さん」

嬉しくて叔父さんの方を見ると、ドヤ顔の叔父さんが仁王立ちしていた。

「まあな。可愛い姪っ子と薫人のためだ」

まあ叔父さんなら謙遜とか恥ずかしがったりとかはしないよね。

大雅さんのことだけは言わないあたり、ちょっと素直ではないけど。

でも可愛いに越したことはない。

「ありがとう。叔父さんとお義母さんとお義父さんのおかげで素敵な結婚記念写真になりそう」

うちの両親が浴衣を卸したことと薫人の写真と一緒に大雅さんが連絡していたけれど、まさかこんなサプライズをしてくれるなんて思わなかった。

ケーキを置いてあるテーブルに、薔薇の花束や薫人のおもちゃ、ぬいぐるみなどを並べて準備を始めた。

カメラマンさんには事前にケーキが届くのを伝えていたみたいで、テキパキと並べ出した。

薫人も大きなケーキに大喜びでテーブルの周りをうろうろしている。

「これ、撮影後に美味しく食べられるらしいぞ」

「そうなの？　マジパンとかで作ってるかと思った」

「櫻井の経営しているホテルのお抱え一流職人が作ったんだぞ。外に冷凍トラックが待機してるから撮影後にそっちに載せてカットしてくれるぞ。ケーキバイトをどうぞ」

ケーキバイトまでできるの。とても楽しみでケーキバイト用のスプーンを選んじゃったりする。

「大雅さ」

「わぁあああああんっ」

次の瞬間、空を裂くような薫人の声に、ハッとする。

ケーキの説明を私と叔父が受けていて、薫人はテーブルの周りをうろうろしていた。

大雅さんは外のトラックを誘導していた。ほんの一瞬だけ、薫人を見ている大人はいなかったんだ。

「薫人？」

「大丈夫か？」

「どうしたんだ」

外から飛び込んでくる大雅さんと私達の声はほぼ同時だった。

薫人は——顔中クリームだらけになって泣いていた。顔にケーキを投げつけられた人みたい。

「えーっと薫人はアレルギーなどはなかったよな？」

「うん。卵も牛乳も大丈夫だよ」

「ああ、置いてあった椅子に乗ってケーキを触ろうとして顔を突っ込んだんだね」

薫人の顔を拭いて抱き上げていると、大雅さんが肩を震わせながらテーブルに目掛けて倒れている椅子を指さした。

「怪我がなくて良かったね」

「そうだな。目を離してすまなかったな」

それは私もなので謝ろうと思ったら、叔父が盛大に吹き出した。

「お前ら、ケーキの一番下、見てみろよ」

爆笑した叔父を見るのは何年ぶりだろうか。

珍しいものを見られたなって感慨深く思っていたのに、ケーキの一番下の段を見て私も吹き出した。

薫人の顔の形がくっきり残っている。

「かわ、可愛い！　こんなに可愛いのが残ってるのね」

「これもある意味記念だな。薫人、よくやった。でも気を付けるんだぞ」

泣いていた薫人も私達が笑っているので、ぽかんとしている。

カメラマンさんに位置をずらしてもらって、薫人の顔型が残っている方が映るように撮影してもらった。

そのケーキに入刀したり食べさせたり。

そのあと踊り場の階段で撮影会したり。

ロマンチックで甘い時間もたくさんあったけれど、薫人がそこにいるだけで温かくて優しい時間になる。

楽しくてあっという間に時間が流れた。

本当に思い出になる撮影会になった。

Side：櫻井大雅

カタンという小さな音に目が覚めた。

上半身だけ起きると、カーテンが揺れている。カーテンの揺れでテーブルに置いてあった写真立てが倒れてしまったようだ。

小さな寝息を確認して起こさないようにそっと起き上がると、子ども部屋の床で薫人と俺と、そして美月でタオルケットに包まって眠っていたのがわかった。

結婚記念写真の撮影を終えた次の日だ。

さすがに疲れただろうからと家でのんびりしようと、午前中は庭で育てていたひまわりに水をあげてから子ども部屋で絵本を読んであげて、そのまま眠ってしまっていたっけ。

美月はきっと起こしに来たけれど眠っていたのでタオルケットを持って来てくれたんだろう。

そしてそのまま一緒に眠ってしまったようだ。

昨日は一番撮影で疲れていただろうし、このままぐっすり眠ってもらいたいものだ。

気持ちよさそうに眠っている美月の額にキスしてから立ち上がり、一階に下りて窓を閉めると、昨日の写真を入れた写真立てが倒れていた。

まだ拡大して飾る用のデータを貰っていないので、自分達で撮った写真を待ちきれなくて飾っていたんだ。カーテンで倒れない位置に移動すると、いい香りがした。

玄関に飾っているポプリが入った瓶の香りだ。

外に出て洗濯物を取り込むとふわりと香る石鹸の匂いに気持ちが温かくなる。

彼女のおかげで俺の世界にも香りが溢れている。今まで気に留めていなかった色んな部分で、香りにこだわっている彼女が選ぶ香りが流れ込んでくるんだ。

彼女が選ぶ香りも好きだが、彼女が選ぶから好きなんだろうなと最近気づいた。

諦めなくて良かった。

離れていた時期に彼女に一人で生きることを悩ませ選択させてしまったことは悔やむが、今はもう悔やむよりもこれからの彼女を俺が隣で全力で幸せにすることで打ち消していきたいと思っている。

俺はすでにこんな風に隣にいるだけで満たされて幸せなのだから。

遠回りした分は、これからじっくりやり直してこれからも一緒に仲良くしていけたらいいと思っている。

洗濯物を畳みながら、小さな靴下を見て頬が緩む。

これから三時には起こしておやつを食べて、そしてご飯ができる前にお風呂に入って水鉄砲で遊ぼう。

薫人とこれから何をしようか考えるだけでも楽しい。

今度は二階からカタカタと小さな音がする。

「ままー」

舌足らずなおっとりした声と眠そうな相槌が聞こえてくる。

「薫人、ママはまだ寝かせときなさい」

「いや、いいよー。寝るつもりじゃなかったし」

薫人と一緒に下りてきた美月は目を擦りつつも、薫人が落ちないように後ろで見守っている。

俺としてはもう少し眠っていてほしかったんだがこればかりは仕方ない。

「まんま」

薫人が起きてきたのは、金魚に餌をあげたかったかららしい。

餌を隠しておかないと隙を見ては水の中に投げ入れてしまうので、高い戸棚に隠している。

滝に水温調整してもらってエアーポンプも後ろから差し込んで、ビー玉を敷き詰めた金魚鉢。

ビー玉が揺れる水面に反射して美しく、薫人も夢中になっていた。

「ちょっとだけだからな」

美月の手のひらに少しだけ餌を乗せ、それを薫人が摘まんで金魚鉢に投げ入れた。

落ちていく餌を三匹の金魚が優雅に泳ぎながら食べていく。

「きれーね」

「そうだね。綺麗だし可愛いよね」

美月と薫人が金魚鉢を見ながら、楽しそうにそう言った。

「ああ。綺麗だね」

金魚鉢の中のビー玉みたいにキラキラと輝いている。

この二人の横は大事な宝石が入った宝箱のようで、俺は二人を包み込むように後ろに立って、その幸せを噛みしめていた。

Fin

夫婦喧嘩はお留守番の金魚も食わない

彼と再会して、夫婦になって一年が過ぎようとしていた。

色々あってもう一年が過ぎようとしているなんて早い。

気づけば夏の暑さが終わり秋の始まりが、山々の色や人々の服装から感じられるような時期。今年は薫人の運動会は大雅さんもうちの両親も参加した。

参加と言っても薫人の徒競走とダンスを見るだけ。

親子競技は大雅さんが張り切って一緒に障害物を避けて走るはずが、抱きかかえために練習していた薫人は何もできず不機嫌になってお弁当の時間に宥めるのが大変だった。

それでも本当に楽しい時間だった。ニューヨークにいる義両親にも写真を送ったら成長の早さに驚いていたし、会いたがってくれていた。

私もなるべくならば会ってもらいたかったけれど、お二人は頻繁に日本には戻ってこない。次に会えるのはいつなのかなってぼんやり考えた矢先で、ある悩みが生まれてしまった。

「あれ？　どうしたの」

ワインとグラスを手に持って玄関に出てきた叔父は、私と薫人を見て少しだけ驚いていた。

退勤したはずの私が薫人を連れて戻ってきたのだから、驚くのは仕方ない。

「プチ家出です」

「プチなんだ」

まあ上がりなさいと促され、遠慮なくリビングまで向かう。

「あー。またそんな軽く済ませてる」

モッツァレラチーズとトマトのカプレーゼとお取り寄せの冷凍ガーリックシュリンプのみ。

最近冷凍庫にこのシュリンプが山のように入っているから、ワインによく合うのだろう。

「そんな三六五日毎日しっかりバランス考えたご飯作るなんて疲れるだろ」

作ったことないってば。

私が作り置きしているおかずは食べてくれるけど自分でご飯を炊くのは面倒くさが

ってる。薫人用のポップアップトースターだけは簡単だから使ってくれるみたいなので、スライドしてある食パンも置いている。

叔父も見かけは美形だし人前では猫をかぶってるので、一緒にご飯食べて美味しいと思える女性が現れればいいのに。

「まあいいか。ピザ頼もう。サラダもあるからいいだろう」

野菜食べてればいいってそれもどうかな。

まあおつまみとワインで済ますよりはマシだろうから、薫人が食べられるピザも選んで出前をお願いした。

「とまとぉ」

テーブルの上のスライスされたトマトを見て薫人が目を輝かせると、叔父はすぐにラップして冷蔵庫に隠した。

「チーズは塩分高いから駄目だ。イシイと一緒にミニトマト洗って食べような」

「うん」

どうやら塩分が高いおつまみだと自覚はしているらしい。

それとうちの両親が薫人に『じーじ』と『ばーば』と呼ばせようとしているのを見て、どっと老けてしまいそうで嫌らしい。薫人に『石井』と呼ばせようと頑張っている。

「で、お前はなんでプチ家出なんだ」

うう。

プチだから彼が帰宅する前には帰りたいような帰りたくないような複雑な心境だ。

「ちょっとだけ悩んでて。叔父さんは大雅さんのご両親と仲がいいんでしょ」

「ああ。唯一と言っていいほどの友人だ」

誰にも家の住所を教えたくないとか地位や名声に寄ってくる人間が面倒だと言っている叔父が、友人と認める人達。

私も会ったことはもちろんある。

年齢不詳の美魔女であるお義母さんもダンディで目元が優しそうなお義父さんも、私にも薫人にも本当に優しいし色々あったのに受け入れてくださっていい人達だ。

ただ——。

「ちょ、っと。いや、かなり金銭感覚が違い過ぎて」

ニューヨークに永住を検討しているらしく、近々豪華なお屋敷が建築完了するらしい。

ゲストルームどころかゲストハウスを敷地内に建築しているらしいし、薫人用にちびっこプールも出来上がっているらしい。

「ああ、感覚は違うよ。この屋敷もあの坂の下の美しい庭園のあるお屋敷もだが、全国にまだあれぐらいの旧屋敷跡の物件や土地も持ってるぞ。ホテル経営一族だから、お前が想像できないぐらいの資産家じゃないか」

「なんで叔父さんはそんな驚かないの」

「俺は資産家だから仲がいいわけじゃないぞ。金持ち過ぎてのんびりしててぶっ飛んだ考え方で、俺の地位も才能も興味ないあたりが面白いから好きなんだ」

そうだね。人間に興味がない叔父さんが友人だと言ってのけるほどの人物達だもんね。

きっと私には理解できない考えなんだろうけど。

「でもそのニューヨークの家に招待されて、年末年始過ごさないかって言われていて」

「お、いいなー。海外のカウントダウンは派手だし楽しいぞ」

そうらしい。義両親も敷地内で花火を打ち上げてカウントダウンをしたいらしい。

「私達家族用のゲストハウスも作ってるらしいけど、海外旅行に小さな子どもと一緒に行くのはまだ怖いなーって大雅さんに相談したら、空港からリムジンの送迎とボデイガード用意したとか言い出して」

重たいため息が零れてしまう。

私と彼では生活水準がここまで違うんだ。

送迎とボディガートなんて私の生活ではまず出てこない。

あまりお金を使うような大掛かりなことは申し訳ないから控えてほしいと伝えていたけど、これは彼にとって大金が動くことではない認識らしい。

これからもずっと大金が動くようなイベントに胃が痛くなってしまうのか。

「なんだ。贅沢な悩みだな。苦労するよりはいいだろ」

「でも身の丈に合った生活しないとなんかちょっと怖くて」

薫人だってまだ小さいし、彼の会社の跡継ぎになるかも決まっていない。

本人がやりたいことを自由に言い出せるようにのびのび成長してほしい。

今、この贅沢が当たり前だと自覚してほしくないな。

「それは無理な話だよ。櫻井家は今までそんな生活を送っていたし一般人よりは資産を狙われるだろうし、彼らにお前の生活水準に合わせろって言うわけにもいかないだろ」

そうなんだけど。

そうなんだけど！

上手く自分の中で昇華できなくてもやもやしてしまう。

「一緒にいるだけで幸せだから、それ以上は全部贅沢に感じるのは、私のわがままなんだよね」

「なんだ、それ」

「現状でこれ以上ないほど幸せだから、これ以上幸せになるのが怖いというか」

「なるほど。全くわからない」

そうだよね。

叔父さんに言ってもしょうがない。

私が彼が帰宅するまでに自分の気持ちを整理しなきゃいけないだけだ。

「まあお前が悪い。わがままで臆病で、小さいやつだ」

「そ、そこまで言わなくてもいいじゃないっ」

叔父さん達と違って庶民として生活していたから、金銭感覚が狂っていくのに戸惑っているのに。

「あいつらはお前の水準に合わせられん。お前が上等な人間になれ。当たり前だろう」

「ううう」

私なんて庶民オーラ出てるのに、そんなすごい人達の前で堂々とできるだろうか。

「ほれ、あれだ。もう開き直ってパンがないならケーキを食わせろって言え」

「無理っ」

叔父さんに相談は期待していない。

それに今までたくさんお世話になったし迷惑かけたから、叔父の大切な友人のことで心配もかけたくない。

ただご両親がどんな人かなって人物像がわかれば接しやすいかと思っただけ。

いや、もしかしたら私は誰かに強引に正解を教えてもらいたかったのかもしれない。

私の周りはいい人ばかりで、人間関係や親戚回りで苦労することはなくて安心していた。

ただ海外に住む義両親が私達用のゲストハウスを作ったことに、自分の生活水準をぶち壊されて混乱してしまっただけだよね。

「ほら。ピザ屋来たみたいだから出てくれ」

「はーい」

ピザなんて味わえるか不安なまま、玄関に向かう。

「ピザ屋櫻井亭です」

「ありが――」

その心地いい低い声に顔を上げる。

見ると紙袋を両手に抱えた大雅さんが立っていた。

「えーええ？」

「ピザじゃなくて近くで適当に買ってきたよ。薫人の好きなハンバーグ屋さんね」

「あ、ありがとう」

「うん」

気まずい。

昨日の夜、海外で年末年始を過ごす話をされ、戸惑っていい返事ができなかったから、申し訳なくて逃げるように出勤してしまったし。

叔父を睨むと「お、イケメンのピザ屋だな」なんてとぼけてくる。ピザ屋ではなく彼に電話したということは、自分に愚痴る前にきちんと当事者で話し合えということだ。

叔父は慣れた手つきでハンバーグを小さく切り分け、ミニトマトを頬張っていた薫人に食べさせ出した。

「ドライブでもしようか」

大雅さんに言われ、小さく頷くぐらいしかできなかった。

＊＊

叔父に「薫人は寝かせておくからゆっくりな」と背中まで押され、私達が向かったのは水族館。

夜の水族館ツアーにギリギリ滑り込めて、私達は当たり障りない会話をしながら外のペンギンエリアをうろうろすることにした。

中の人気エリアをうろつくよりも外の方が人が少ないからだ。

「あの、大雅さん」

「うん。大丈夫だよ。色々な悩ませてごめんな」

腰を引き寄せられて、身を任せると抱きしめられた。

「俺にとってはうちの両親の行動はいつも通りだったんだが、美月の悩みを理解してあげられなくて。悩ませるぐらいなら、無理しなくていいよ。うちの両親が日本に来た時に薫人も会わせてあげればいいし。年末年始はゆっくりしような」

え。

私が悩んでるからって全部私に合わせてくれるの。

でもそうしたら私以外が色々と我慢しなくちゃいけなくなるのではないのかな。

見上げると彼は私の顔を覗き込んでいる。

彼にしてみれば本当にいつも通りだったんだ。

「ただうちの親は悪気は一切ないし俺達にも干渉してこないし、俺もあの両親に育ててもらったから大切な存在であることは知っていてほしい」

それはそう。何度も頷く。

私達の順番が違う結婚にも寛容で、逆に私のことを気遣ってくれていた。

大らかでいつも笑顔で、懐の大きそうな優しいお二人だ。

私だってこの義両親だからこそ、大雅さんとの結婚もできたと思っている。

大雅さんだってそうだ。

私と両親の関係がこじれた時だって一番頑張ってくれていた。

ここまでしてもらっておいて、私は自分のことしか考えていなかった。

ニューヨークへの招待も専用のペントハウスも送迎も、彼らにとって当たり前の親切なのに私ってば。

「私こそごめんなさい。ニューヨーク行きたいです」

「え、いいの？」

「うん。ボディーガードはさすがに遠慮するけど、それ以外は義両親に甘えさせてもらおうかなって。薫人にも会いたいだろうし、私も会いたい」

「……いいのか？　うちの両親は君の想像以上のことをするからな。たとえば、薫人が可愛いからと画家を呼んで肖像画とか描かせようとしてくるかもしれないぞ。君は心臓がいくつあっても足りなくないか」

心配そうに言うので、申し訳なくなった。

私ってば大雅さんにこんなに心配かけて悩ませていたのね。

自分は母との仲も修復できたし、本当に毎日、彼の隣で幸せなくせに。

彼の懐の大きさに、私の悩みなんてちっぽけ過ぎて、なんだか悩むのが馬鹿らしくなってしまった。

「私も大雅さんや義両親みたいに、余裕があって周りに気を配れるぐらい素敵な人間に成長したいです」

「急にぶっ飛んだ気もするけど、今の美月も可愛いし。うちの両親も可愛がりたいんだよ。さすがに高級なプレゼントは控えてもらうようにしてるんだ。これでも」

「色々と本当にありがとうございます」

プチ家出しようとしていて恥ずかしくなってしまった。

ただ、大好きな義両親に会いに行くだけで、お二人は私達を歓迎して色々と準備してくれているだけ。

うちの親が浴衣や甚平を私達に用意することと同じことなんだ。

ただ規模やスケールが大きいだけで、根本に愛情があるわけだし私が気にするならいつでもやめてくれるという優しさも溢れている。

「じゃあ年末年始に行くってことで大丈夫？」

「うん。ニューヨークってタイムズスクエアとか有名だし、家で花火を打ち上げるとか実はちょっと楽しみだなって思ってました。私なんかにはもったいないぐらいの待遇だから遠慮してたけど」

楽しんでほしいと計画していたならば楽しむ。

櫻井家の資産が底をつくような歓迎の仕方をされたら全力で遠慮するけれど、これぐらい痛くもかゆくもないならば、私が騒ぐことでもないに違いない。

「はー。色々ごめんなさい。なんかちょっと自分の器の小ささに悲しくなったけれど、もう大丈夫です。やっぱ私、とても幸せなのにちょっとわがままでした」

「どこが。もっとわがままでいいのに」

抱きしめられたまま、私も抱きしめ返す。

つまらないことで悩んでいてごめんね。

もう少し、ちょっとやそっとのことであわあわしないようにしないと。

彼のご両親やら会社での地位やらを考えれば、何が起こるか私にはわからないんだから。

「まあもう美月の中で解決したならいいんだ。あと三十分ほどでイルカショーがあるらしい」

「そうなの？　行きたい」

抱きしめられたまま顔を上げると、額にキスされた。

そのまま離れて、近くに置かれていたパンフレットを渡してくれた。

夜の水族館は、お魚の餌やりが見られるのとイルカのショーがメインらしい。

ここら辺に人がいないのは、中のメインフロアの魚の餌やりを見に行っているってことなんだ。

そのおかげで貸し切りみたいで楽しい。

「ここに来たのも一年ぐらい前だね」

「そうだ。三人で初めてのお出かけだった」

薫人が歩けるようになったばかりで、よちよち歩く薫人に合わせて歩いてくれたっけ。

初めてのお出かけで今よりもまだぎくしゃくしていた。

それなのに今は、パンフレットを見ていた私の手を、彼が自然に握ってくれて、一緒に歩いてくれている。

一緒にいたいなって思えて、大雅さんを忘れられないって実感した日だ。

「お昼の賑やかな水族館もいいけど、静かな水族館も綺麗でいいな」

ペンギンのプールに夜の月が映って揺れている。

静かで誰もいない夜の水族館は、確かにデートにはとっておきだ。

「確かに。大雅さんと来られて本当に良かった」

「俺もだよ。こうやって美月の隣に並んで、家族として暮らせて幸せだよ」

よしよしと頭を撫でられたけど、今のは子ども扱いされているようでこれはちょっと不服だ。

「土砂降りの雨の日に君を抱きしめたこと。去られたあと、子どもがいるとわかって君と再会するために色んな手を使って再会を果たせたこと。ISHII NARIHIRA の家で俺を見て慌ててはいたけど拒絶はしていなかったことに安堵したこと。思い出したら俺、結構必死で格好悪い姿ばかり見せているかな」

「そんなこと！　私の前で大雅さんが格好悪かったことなんて一度もないですよ」

驚いて並んで歩いていた彼の方を見ると、深い口づけをされた。

彼の服の裾を掴んで、うっとりと目を閉じる。

これ以上は身体が蕩けてしまいそうで、自分から唇を離してしまった。

「……逃げてしまった私を、探してくれて感謝しかないです」

「もちろん、探してた。あの雨の日に会わなくても、いつか話しかけようと思っていたしね」

再び手を繋ぎながら、段々恥ずかしくなって耳が熱くなる。

幸せだ。でもきっと明日の方がもっと幸せで、それは心が通じ合っているからだと思っている。

大切に扱ってくれているのだから、私も大切な大雅さんを大事にしたいし気持ちもきちんと伝えていきたい。

「ありがとうございます。私ももう一人で勝手にうじうじ悩むのやめます」

「いいことだ。美月の悩みは俺の悩みでもあるからね」

「あはは」

優し過ぎる。でもそんな大雅さんだから私は好きになったし、あの雨の日に強く惹かれてしまったんだと思う。


イルカのショーを見に行くと、すでにいい席はカップルが座っていた。

私達は一番濡れてしまう場所だと注意されたけど、目の前の席に座った。

車で来ていたしまだそこまで濡れても寒くない時期だと深く考えていなかった。

思いっきり水しぶきを浴びたくさんはしゃいで、車に戻る時には二人ともびしょ濡れだった。

薫人が生まれてから夜にうろつくことが極端に減ったから気づかなかったけど、外の空気が濡れたままだと意外と冷える。車の中に置いてあったタオルケットを私に渡してくれて、大雅さんは大丈夫だからと濡れて帰ってしまった。

俺は風邪引かない。美月が風邪引いた方が薫人が悲しむと半ば強引にタオルケットを体に巻かれた。

今回はお互いはしゃぎ過ぎたから反省し、大雅さんの言葉を信じて甘えることにした。

でも早く帰って体を温めなきゃ風邪ひきそうだ。

「ねえ、動物園も夜のツアーがあるらしいよ」

「面白そうだね。次はそれにしようか」

「うん。ニューヨークも家族で行けるところと二人で行くところと、お義母さんとお義父さんに案内もしてもらいたいな」

色々と吹っ切って遊ぶ場所まで考え出せば、きっと悩みなんて吹っ飛んでしまう。

叔父さんが言うパンがないならケーキを食わせろまでは無理だけど、パン以外の選択を考えるほどの余裕を持つのはいいかもしれない。周りが無理をしていないとわかっていれば、ね。

「そうだな。意外と美術館が多いし、ピクニックやジョギングができる公園もある。俺も二年だけだが住んでいたから、おすすめの場所を案内するよ」

「ありがとう。楽しみにしてるね」

あとは憧れの三人お揃いのシャツを着て散歩とかもしてみたいな。

悩みが解決した途端、やりたいことが見つかるから私って本当に単純で短絡思考なんだな。

叔父さんに連絡すると、薫人とお風呂に入ってもう寝るところだという。

ワインが飲めなかったようで、今度美味しいおつまみを用意するようにと大雅さんに注文していたので、私が栄養バランスを考えた野菜たっぷりのおかずを作ってあげようと思う。

もう寝るので迎えは明日の朝でもいいぞ、と私達の話し合いを心配してくれる余裕まである。

パンよりケーキを食べる叔父は理解できないが、私達を心配してくれる優しい叔父は本当に心から尊敬しているし大好きだ。

「今日は石井さんに甘えて、二人で家に帰ろうか」

「えっ」

「一緒にお風呂に入ろう」

「風邪を引くからシャワーの方がいいと思うけど――」

私はタオルケットに包まれているけど、大雅さんは濡れていてこれから濡れたまま家まで帰るわけで。

近くのコンビニでシャツだけは着替えられるけど、それでも身体が冷えてるからすぐにシャワーを浴びてほしい。

「二人で入りたいんだ。大丈夫。俺のことを信じて」

とても自信に溢れたウインクをされ、渋々頷く。

結局、大雅さんに流されて一緒にお風呂に入ってしまった。

薫人のアヒルを浮かべて、二人で色んな話をしながら笑い合ってお湯をゆらゆらさせながら、のぼせそうになるまで一緒に入った。

お風呂のあとは甘い時間。

二人しかいない家はちょっとだけ寂しく感じたけれど、彼を独占できる夜。

思いっきり甘やかして甘い言葉を囁く彼に、私も応えるようにとびっきり甘えて、そして強く抱き着いた。

私達は出会ってまだ時間も短くて、すれ違っていた時間もあって、まだまだ人としても親としても未熟だから。

だからお互い支え合ってできていない部分を補い合って、辛い時は一番に気づいて傍にいて、こうやって抱きしめて抱きしめられて、成長していきたい。

「本当に大好きです。大雅さん」

体中にキスしてくれていた大雅さんにそう伝えると、彼はにやりと笑った。

「俺は愛してる」

ず、るい。

びっくりするぐらい甘い声に、体中が蕩けてしまうかと思った。

声だけで私を魅了して、甘い言葉で虜にしてしまう。

ずるくて素敵な人。大好きな人。いや違う。

「わ、私も愛してます」

体中が恥ずかしくて熱くなっていくけれど、これだけは本当だから言い直した。

愛している。世界で一番大切な人。

薫人は世界で一番大切な家族だから比べられないけれど、薫人に出会わせてくれた大切な人だ。

彼の温もりに包まれながら、世界で一番幸せで甘い夜を過ごした。

＊＊＊

「っしゅん」

二階の寝室から、大雅さんのくしゃみが一階まで聞こえてきた。

「もうっ」

絶対に風邪引かないって言ってたのに。シャワーではなく一緒にお風呂に入りたいって余裕そうだったのに。

全然そんな素振りを見せないから、私なんて全力で甘えてしまった。

馬鹿。本当に私の馬鹿。

でも風邪の予兆があったならあのまま一緒に眠るだけでも私は幸せだったのに。

……気づけなかった私が、一番馬鹿だ。

病院に行ったらただの風邪だと言われたけど、咳もちょっとだけ出ているし熱もある。これぐらいならばと仕事に行こうとしたので、先回りして滝さんに言いつけると『熱が下がるまで来ないでください。俺は繊細なのですぐうつるんで』と休むように言われ渋々二階で眠ってくれている。

私も薫人を保育園に送ったあと、叔父にお願いして今日は家で事務作業をさせてもらうことにした。

急ぐ作業も調香も特になかったので依頼メールへの返信や予算等の作成、在庫管理と溜まっている仕事をすることにした。

だってほぼ私のせいで風邪を引いてしまったようなものだ。

朝ご飯も病院へ行くためバタバタしていてしっかり食べていなかったので、お昼ご飯はお粥を作って持っていこうと思う。

うつすといけないからと二階に閉じこもってしまったので、症状も気になる。

無理しないでくれたら嬉しいから、寝室にいてくれるのは助かるけれど、心配なのは変わらない。

お粥とスープとペットボトルの飲料水も二本持っていった。

一応ノックすると、「開けないで」と勢い良く起きる音がした。

「ただの風邪でしょ。大丈夫だよ」

「駄目だ。廊下に置いておいてくれ。ありがとう」

早口でさっさと会話を終わらせたそうな言い方に、ムッとしてしまう。

さっさと入ると、ゴホゴホと咳をして苦しそうな彼が慌てている。

「嫌だ。入ります」

「うつしたくないから、俺が取りに行くから」

「そんなに悪いの？　大丈夫？」

額を触ろうとしたら、慌てて逃げられてしまった。

「大丈夫。ただの風邪だ」

「そうでしょ。ただの風邪ならうつらないってば。はい。お粥。ちょっとだけ冷ましておいたから」

ベッドのサイドテーブルに置いて、お薬用にお水も準備しているとどこから持ってきたのか、マスクの箱を渡されてしまった。

過保護過ぎる。

「もう！　あのね、大雅さんが風邪引いたのは私にだって責任あるし、私だって自分の体調管理ぐらいできます。そこまでされたら過保護な保護者みたいだよ」

ぷんぷんと怒ると、ちょっとだけ申し訳なさそうに項垂れてしまった。

「すまない。でも俺のせいで君や薫人にうつってしまったら嫌だったからつい慌ててしまった。マスクだけはしといてくれ」

「わかりました。でも今日はここで仕事するからね」

「えっ」

ご飯を渋々食べようとしていた彼が私の方を見て驚く。

でも私は気にしないで、体温計を押し付けて熱を確認する。

薬を飲んで眠っていたのにまだ微熱だ。

彼は気にしていないだろうけど、あの水族館の夜は私が風邪を引かないようにと彼が色々と気を使ってくれていた。私だってもう少し彼の体調に気を付けるべきだったんだ。

謝れば彼も困るだろうから、せめてご飯を食べて隣にいるぐらいはしたい。一人で眠っていても寂しいだけだろうから、少しでも安心できる空間にしたい。

「迷惑なら下で仕事するけど、咳もしてて私も心配だから隣で見守っていたいな。駄目かな？」

優しい彼だ。

こう言えば揺れることぐらい、もうお見通しなんだから。

「マスクもするし、机も離しておくよ。薫人を迎えに行くまでね」

ベッドの隣にテーブルを挟んで一人用のソファを向かい合わせに置いてある。そこでパソコンで仕事するだけだ。これぐらいは私もほぼ彼の返事なんて聞かずに居座る予定ではあるけど。

「わかった。ありがとう」

私の意志の固さに気づいたのか、彼が小さくため息を吐きながら頷く。

「ご飯は食べさせましょうか？」

「いや、大丈夫だ」

耳が赤く見えたけど、気のせいではない。私に甘えるのは下手のようだ。

「……悪い。風邪引いて」

「悪いなんて思ってないよ。私を色々優先してくれてありがとう」

私の方が謝る立場だったが、謝ればさらに彼が申し訳なく思うだろうから呑み込んだ。

熱そうにしながらお粥を食べてくれて、美味しかったとお礼まで言ってくれた。

私は、彼が薬を飲んだのを確認してからソファに座ってパソコンを開く。

「怒った君も可愛いな」

「なっ」

風邪を引いているのに、そんなキザったらしい言葉を吐く元気があることに驚いた。

「お、怒ってないよ？　頑なに私を頼ってくれないのは心配だから私も意地になってしまったけど、心配だから強行突破しただけだよ」

「それは申し訳ない。その――君が可愛いから夢中になって、自分の体調管理を疎かにしたのは俺だからさ」

あの夜はお互い様じゃない。

初めて会った雨の日も私が濡れているのを心配してくれて、水族館の夜も心配してくれて、優し過ぎる。

「そうですね。私ばかりで自分のことを後回しにして、優し過ぎる部分は特に怒っていますよ」

本当に私に甘いというか、自分を犠牲にはしてほしくないかな。

「そう。君も優しいから、俺のこと怒ったりしないだろ。だから今は風邪を引いて良かったと思っている」

「は、反省してないっ」

もう怒った。大雅さんのお願いなんて聞いてあげない。

パソコンを開くをやめて、ベッドで眠っている大雅さんの横に私も侵入する。

「初喧嘩です」

「……最初から降参だよ」

マスクは外さないでねともう一度念を押され、私も渋々頷きながら、彼を抱きしめて一緒に眠った。

初喧嘩なのに私達は幸せで、眠りにつくまで笑っていた。

Fin

あとがき

初めまして、こんにちは。篠原愛紀《しのはらあいき》です。

マーマレード文庫様から二冊目を出させてもらい緊張と喜びで舞い上がっております。

今回の話を書くにあたり、自分の子どもの成長日記を引っ張り出してきました。体重も掴まり立ちも歩き出すのも全部うちの子の記録を参考にしました。

そして現在進行形で、上手く書けないスランプ中なのですが、たくさんご迷惑おかけしました担当様には感謝しかありません。本当に色々とありがとうございました。

優しい方々に支えられて出せた本だと思っております。

素敵なカバーイラストも本当に嬉しいです。可愛い薫人と魅力いっぱいのヒーローと可愛いヒロインを描いてくださった浅島《あさじま》ヨシユキ様本当にありがとうございました。

またこれからも頑張りますので、どうぞよろしくお願いいたします。

篠原

m a r m a l a d e b u n k o

クールな義兄の欲望本能に歯止めが利きません

ISBN 978-4-596-52266-5

義妹を愛しすぎた天才脳外科医は、秘めた熱情を一滴残さず注ぎ尽くす 伊月ジュイ

両親の海外出張で、千紗は義兄の耀と二人で暮らすことに。実は耀は初恋相手。彼から過保護に甘やかされる日々が始まるも、自分が妹としか見られていないことに、千紗の切なさは募るばかり。ところが、ある出来事で耀の独占欲のたがが外れ…「ほかの男に譲るなんて、やっぱりできない」――初めて見る彼の愛欲に満ちた瞳に、千紗の想いも溢れ出し…！

甘くてほろ苦い。キュンとする恋♥　マーマレード文庫　定価 本体650円 + 税

ファンレターの宛先

マーマレード文庫をお買い上げいただきありがとうございます。
この作品を読んでのご意見・ご感想をお聞かせください。

宛先
〒100-0004　東京都千代田区大手町1-5-1 大手町ファーストスクエア イーストタワー19階
株式会社ハーパーコリンズ・ジャパン マーマレード文庫編集部
篠原愛紀先生

マーマレード文庫特製壁紙プレゼント!

読者アンケートにお答えいただいた方全員に、表紙イラストの
特製 PC 用・スマートフォン用壁紙をプレゼントします。

詳細はマーマレード文庫サイトをご覧ください!!
公式サイト
@marmaladebunko
twitter もチェック!

marmalade bunko
マーマレード文庫

秘密の出産が見つかったら、予想外に
野獣な極上御曹司の溺愛で蕩けてしまいそうです

2023年9月15日　第1刷発行　定価はカバーに表示してあります

著者　篠原愛紀　©AIKI SHINOHARA 2023
編集　株式会社エースクリエイター
発行人　鈴木幸辰
発行所　株式会社ハーパーコリンズ・ジャパン
東京都千代田区大手町1-5-1
電話　03-6269-2883（営業）
0570-008091（読者サービス係）
印刷・製本　中央精版印刷株式会社

ISBN-978-4-596-52274-0

m a r m a l a d e b u n k o

本作品はWeb上で発表された『ケダモノ・プルースト！』に、大幅に加筆・修正を加え改題したものです。